智启心灵，慧沐生命。

人生智慧丛书，带你走进温暖和澄静。

跟随内心的

顾　问：金　波
策　划：赵晓龙　杨　才　郝建国
主　编：王爱玲
副主编：焦文旗　张冬青
编　委：赵晓龙　王爱玲　迟崇起　焦文旗
　　　　张冬青　王玉晶　郝建东　符向阳

河北出版传媒集团
河北教育出版社

图书在版编目（CIP）数据

跟随内心的声音 / 王爱玲主编. -- 石家庄 : 河北教育出版社, 2016.3 (2020.5 重印)
(人生智慧丛书)
ISBN 978-7-5545-2320-9

Ⅰ. ①跟… Ⅱ. ①王… Ⅲ. ①散文集－中国－当代 Ⅳ. ①I267

中国版本图书馆CIP数据核字(2016)第051551号

书　　名　**跟随内心的声音**
主　　编　王爱玲
责任编辑　郝建东　张　畅
装帧设计　于　越
出版发行　河北出版传媒集团
　　　　　河北教育出版社 http://www.hbep.com
　　　　　(石家庄市联盟路705号, 050061)
印　　制　永清县晔盛亚胶印有限公司
开　　本　880mm×1250mm　1/32
印　　张　8.75
字　　数　187千字
版　　次　2016年3月第1版
印　　次　2020年5月第4次印刷
书　　号　ISBN 978-7-5545-2320-9
定　　价　20.00元

阅读散文的趣味 | 金波

——《人生智慧丛书》序

我希望更多的人有阅读散文的趣味。

散文作为一种文学样式，在和其他文学样式的对比中，彰显着它鲜明的特点。特别是把散文和诗加以对比，散文的特点就更加突出了。例如，有这样一些比喻：

诗是跳舞，散文是走步；

诗是饮酒，散文是喝水；

诗是唱歌，散文是说话；

诗是独白，散文是交谈；

诗是窗子，散文是房门。

这些比喻，从对比中呈现着散文的特征。散文贴近现实生活，所表现的更为具体真实；散文关注的生活很广阔，但表现手法灵活多样；散文可以和各种文学样式相融合，但不会丢失它的本色，同时它又吸纳各种文学样式的特征，形成了散文从题材到技法的丰富性。

有人说，散文是一切文学样式的根。我赞成这一看法。因为你无论是写小说、写戏剧、写文艺批评，甚至写哲学、历史著作，都离不开散文。凡是从事写作的人，都得有写作散文的基本功。所以有人又说，写好散文，才能获得作家的“身份证”。

写散文是进入文学殿堂必经的门，读散文也是进入文学殿堂必经的门。读散文的趣味很重要。散文可以抒情，可以叙事，可以议论，可以写景，可以状物，各体兼备，风格多样。

我们提倡“自觉的阅读”，不妨从阅读散文开始。喜欢阅读散文的人，会静下心来，会养成慢阅读的好习惯。散文是可以品读的，因为散文最易于形成多样风格，让我们增添一些不同的品味和审美的趣味。

基于此，这套丛书对入选的散文进行了深入的梳理、开掘，以全新的视角，发掘出了独特的价值体系。遴选了十个具有温暖、善美、纯真、禅意特质的主题，用文字和图画来传递人性的真善美，倡导仁爱和谐，表达对生命的探索与诉求。这套“人生智慧丛书”，共十册，包括《跟随内心的声音》《让未来转身》《给心窗点一盏灯》《不忘初心》《别把春天藏在心底》《眺望十年后的自己》《与天真签约》《愿做山间一泓水》《漫画人生》《手绘青春》。

收入本丛书的，都是一些短小的散文，可归属于文学性较强、艺术风格较为鲜明的“美文”。有的朴素简明，有的干净利落，有的妙趣横生，有的深邃启思。我设想有很多的读者（他们可以是从九十九岁到九岁的老少读者），在一个安静的时刻阅读这一篇篇令人安静的散文，用真诚的心态阅读这一篇篇真诚的散文，用享受语言之美的感觉阅读这一篇篇纯美的散文。我们默默地读着，却能在灵府的深处，隐隐地听见语言的韵律，入耳入心，贮之胸臆，久久享用。

阅读散文的趣味一定是隽永的。

二〇一六年新春，于北京

人生圆梦

化蛹成蝶

人在旅途

行走世间

人生圆梦

人生因梦想而精彩，梦想因拼搏而绚烂。梦想看不见摸不着，却让人心驰神往。天道酬勤，生命之树因梦想而常青，成功之花因汗水而怒放。只要心中有梦，挫折、坎坷都会踩在脚下。记住：人是不可能被注定的，将梦想播进脚下的泥土，什么时候开始都不晚。努力吧，朋友！让我们奋进在圆梦的路上……

没有翅膀也可以高高地飞翔

即使你生来就没有翅膀，你依然可以高高地飞翔，因为你心中永不跌落的梦想，会为你生出自由翱翔的双翅，会给你传递无穷的力量。

◎崔修建

1983年的一天，在美国亚利桑那州图森市的一家医院，一个女婴呱呱坠地，令她的父母异常惊愕的是，女婴居然一出生就没有双臂，连见多识广的医生也无法解释这个奇怪的现象。

在父母的疼爱下，女婴一天天地长大，成为一个可爱的小女孩儿。

那天，站在阳台上的女孩儿，看到与自己同龄的一群孩子正张开天使般的双手，在阳光下欢快地奔跑着追逐翩翩起舞的蝴蝶，女孩儿十分伤感地向母亲哭诉命运的不公，竟然不肯馈赠她拥抱世界的双臂。

母亲平静地安慰她："孩子，上帝的确有些偏心，但上帝是要送给你更多的梦想，要让你用行动去告诉人们——即使没有翅膀，也依然可以高高地飞翔，就像没有修长的十指，你同样可以弹出美妙的琴声，可以写出漂亮的文章……”

“我真的能做到那些吗？”女孩儿仰起头来。

“只要你肯努力，就能做得到，只要你的梦想没有折断翅膀，你就一定能飞得很高很高。”母亲温柔的目光里充满了不容置疑的坚定。

女孩儿相信了慈爱的母亲的话，目光一遍遍地抚摩着自己那双看似普通的脚，心中暗暗地告诉自己：我有一双非凡的脚，不只是用来奔走的，还是用来飞翔的。

此后，在父母的指导、帮助下，女孩儿开始有计划地锻炼自己双脚的柔韧性、灵活度和力量。怀揣梦想的她克服了人们难以想象的困难，尝过了谁都无法数清的失败，终于在人们大声的惊讶中，练出了一双异常自由灵活的脚——她不仅可以用双脚吃饭、穿衣，轻松地实现生活的自理，还学会了用脚弹琴、写字、操作电脑……她用双脚做到了几乎是常人所能做到的一切。

女孩儿开始在人们面前自豪地展示自己非同寻常的“脚功”，起初遇到的那些异样的眼光里，渐渐地充满了惊讶和钦佩。在她十四岁那年，女孩儿彻底地扔掉了那副装饰性的假肢，一脸阳光地穿着无袖的上衣，走进校园、商场、

街区……仿佛自己根本就不缺少什么，除了常人那样的一双臂膀。

女孩儿在继续着创造奇迹的脚步，她读书刻苦，作业写得总是一丝不苟，从小学到中学，她的学习成绩始终名列前茅，老师和同学们都十分敬佩她的坚毅和自强。当她拿到亚利桑那大学的心理学专业的学士学位证书时，一家人幸福地拥抱在一起。父亲自豪地鼓励她："孩子，你还可以做得更棒！"

"是的，我还可以做得更棒！"女孩儿自信地笑着。

为了增强腿部肌肉的力量，保持腿部的灵活性与韧性，女孩儿不仅坚持经常性的跑步，还成为碧波荡漾的泳池里的一条自由穿梭的美人鱼，还成了一家跆拳道馆里小有名气的高手……一位医生曾指着给她拍的X光照片，惊奇地喟叹：经过锻炼，她的双脚已变得异常敏捷，她的脚趾关节已像手指关节一样灵活自如。

女孩儿的梦想还在不停地放飞着，她又走进了汽车驾驶学校。在教练员惊讶的关注中，她很快便掌握了驾车的各项技术，通过了近乎苛刻的各项考试，顺利地拿到了驾照，开始用双脚娴熟地驾车御风而行……

接下来，女孩儿要去圆自己心中埋藏已久的梦想了——她要亲自驾驶飞机，拥抱苍穹。

曾经培养出许多飞行员的著名教练帕里什·特拉威克一看到亲自驾车来报名的女孩儿，就知道她一定会飞上蓝天的，就像一只矫健的雄鹰那样，不仅仅因为她那娴熟的驾车技术，还因为她目光中流露出的从容、淡定与果决。

果然，女孩儿在学习飞机驾驶的时候，丝毫不逊色于那些身体健全的飞行员，她一只脚操纵着控制板，另一只脚操纵着驾驶杆，滑行、拉起、升空……她冷静、沉着，每一个动作都十分准确、到位，比不少学员表现得都出色。教练帕里什·特拉威克后来回忆：“事实证明，她是一个优秀的飞行员，她驾驶飞机时非常冷静和稳定。一旦你和她在一起待上二十分钟，你甚至就会忘掉她没有双臂的事实。她向人们展示，人们可以克服所有的限制，她真是太令人难以置信了。”

二十五岁的女孩儿如愿地拿到了轻型运动飞机的私人驾照，成为美国历史上第一个只用双脚驾驶飞机的合法飞行员，开创了飞行史的先例。女孩儿的名字叫杰西卡·考克斯。

如今，杰西卡·考克斯已是美国家喻户晓的英雄，她靠双脚生活和奋斗的感人故事，给世人带来了巨大的心灵震撼和精神鼓舞。

在美国数百场的演讲中，杰西卡·考克斯说得最多的一句话是：“你的梦想有多高，你就可能飞多高。”

没错，即使你生来就没有翅膀，你依然可以高高地飞翔，因为你心中永不跌落的梦想，会为你生出自由翱翔的双翅，会给你传递无穷的力量，会帮助你创造无法想象的奇迹。

让梦想每天壮大一点点

很多时候我们之所以不能成功，就是因为被经验束缚了手脚。

◎王国军

他出生在韩国一个不知名的小镇上，母亲是邮政局的一位普通职工，他还有一个妹妹。由于家境贫寒，从小母亲就对他寄予很大希望。

但他却是一个很不自信的人。上小学的时候，他甚至从没有上课回答过一个问题。有一次，学校组织学生进行游泳比赛，他就站在河边，战战兢兢地不敢向前一步。

母亲知道这个消息后，非常生气。尽管她刚做了一次手术，身体孱弱，她还是把孩子带到河边，指着滔滔河水说："跳下去。"他吓得赶紧往后退："我没练过游泳，我怕。"母亲拍着他的肩膀，耐心地说："孩子，你要明白，很多时候我们之所以不能成功，就是因为被经验束缚了手脚。我也不会游泳，但凭着自己的勇气和恒心，我一定会成功。"说着，脱下鞋子，跳进了水中。

他的心立刻像弦一样绷得紧紧的，一秒，两秒……五秒，勇敢的母亲在被水连呛了几次后，竟然奇迹般地浮了起来。

"那么孩子，你现在的梦想是什么？"母亲湿淋淋地走上来说。

他毫不犹豫地说："我要考大学，找个好工作。"母亲欣慰地点点头，接着语重心长地说："那么孩子，你要为之努力了，让你的梦想和勇气每天壮大一点点。"

他含着热泪点点头。

十七岁那年，他和三个同学去漂流，却不想途中遭遇了一场暴风雨，湍急的河水很快使他们的橡皮艇偏离了原来的航线，向左边的一条支流奔去。几个同学都吓哭了，有一个同学是本地人，更是大声尖叫起来："前面是乱石岗，怎么办呢？"他却沉着冷静地指挥着另一个同学操纵着船桨使劲往岸边划。费了九牛二虎之力终于脱离了危险。后来有同学问他："处在生死边缘，你不害怕吗？"他无畏地说："我不怕，因为我有梦想和勇气。"

十八岁，他认识了JYP经纪公司领导者，同时也是音乐资深制作人的朴振荣。当他把这一消息告诉母亲时，母亲问："孩子，那么你现在的梦想是什么？"他毫不犹豫地回答："做亚洲顶级的艺人。"但是母亲却没法看到他实现愿望，不久后就在医院去世了，而她留给孩子的最后一句话就是："照顾妹妹，好好实现你的梦想。"

母亲的去世对他打击很大，他不止一次跪在母亲的遗像前发誓："要拼命练习，成为一流歌手。"

2002年，他推出一张个人专辑，囊括了几乎全韩国媒体新人奖项，之后他更是一发不可收，多次参加亚洲巡回演出，广受人们喜爱。

他就是在“第四十五届储蓄之日”上荣获总统勋章的RAIN。如今，他更是以强有力的精湛舞蹈和清新的音乐风格成了年轻人心目中的“天王”。

在回顾成长之路时，他百感交集地说：“母亲从小就教导我，要成功靠的不是经验。我一直都牢牢记得，并在为之努力，不为别的，只为让梦想每天可以壮大一点点。所以每一年，母亲问我的梦想，我都有不同的回答，我坚持下来了，所以成功了。”

将梦想播进脚下的泥土

不要将梦想永远紧攥在手心里，有梦想，
就将它播进脚下的泥土中！

◎秋子红

奶奶在世时一直梦想去新疆。

新疆有我少小离家出门闯荡天下的三叔，三叔是儿女中奶奶最心疼最挂念的“奶干儿子”。新疆有苍茫的天山、浩瀚的沙漠和沙漠深处的戈壁、绿洲；新疆有咬一口能将人肚子里的馋虫勾出来的香甜的哈密瓜、甜津津的葡萄干、又酸又甜的杏干；新疆还有能歌善舞的维吾尔族人，他们将男孩儿叫“巴郎”，将集市叫“巴扎”——所有这一切，对于一辈子从没出过远门，一直生活在乡下的奶奶来说，永远是一种摆脱不掉的诱惑，一种时时紧贴在胸口的梦想和憧憬。

终于有一年，三叔回内地探亲。几经撺掇，奶奶终于答应跟三叔去新疆。眼看行期一天天接近，奶奶甭提有多高兴，出门见着左邻右舍的街坊邻居，奶奶总忘不了说一句，我要去新疆了。

可真到三叔走的那一天，奶奶却打起了退堂鼓——要是我坐火车晕车咋办？真到了新疆没人陪我拉家常一个人寂寞了咋办？万一

这一去有个三长两短将来回不了老家咋办？就这样想着想着，奶奶将包袱里细心收拾好的衣物一件件放回衣柜，一双手死死抓住门环，任别人怎样劝说就是不松手。

奶奶有个表妹也就是我的姨奶奶也有个儿子在新疆。与奶奶不同的是，姨奶奶的儿子有年回内地探亲，儿子有天开玩笑似的对姨奶奶说："妈，跟我去新疆逛逛吧！"姨奶奶二话没说，真的跟儿子去了新疆。大半年后，姨奶奶从新疆回来了。见着奶奶，姨奶奶眉开眼笑地说："老姐姐，这回我可开了眼界啦！"

那一刻，奶奶的眼里滚出了泪花，甭提有多后悔！

奶奶临去世，还喃喃地跟人说，这辈子她多想去一回新疆啊！

如今，奶奶已去世多年，但我还会想起一生都没实现自己梦想的奶奶。

生活中我碰到过许多有才华的人，那种才华，像水之光月之华孔雀美丽的羽毛，好像他们的生命一样，纯属与生俱来。我的一位高中同学喜欢画画儿，课余时，寥寥几笔勾勒出的人物漫画，既夸张又传神，酷似台湾漫画家几米的漫画。有一天，我们本地有家广告公司招聘平面设计人员，我看了，将这一消息告诉了他，同学显得兴奋极了，这一直是他梦想着的事啊！可真到去那家公司面试那天，同学就像我乡下的奶奶一样，一下打起了退堂鼓——我没大学文凭怎么行呢？那么多的大学生，我能行吗？最终，同学像往常一样去上班，做他并不甘心做的机器修理工去了。

后来，有天因业务去那家广告公司，一打问，他们招聘的平面设计人员，就像我的那位高中同学一样，根本就没有任何文凭，只是因为从小就喜欢画画儿，一直想做他喜欢的职业罢了。

我想起大学毕业时，我的一位老师在我的毕业纪念册上所写的一句话——“不要将梦想永远紧攥在手心里，有梦想，就将它播进脚下的泥土中！”

是啊，手心里的梦想，你就是一生将它攥得再紧，它也仅仅是梦想。你只有将它播进行动的泥土中，它才会发出好梦成真的芽，开出绚丽多彩的花，结出人生成功的果！

梦想比知识更重要

只要你们想飞，你们也可以像大雁一样飞起来。

◎郭　龙

在19世纪中期的时候，美国印第安纳州的一个小农场里，有一位牧羊人辛苦地帮别人放羊来维持一家人的生计。牧羊人虽然很辛苦，可是他却有一个很幸福的家庭，更让牧羊人开心的是他有两个活泼可爱的儿子。

一天，牧羊人带着两个孩子去牧羊，这时一群大雁从他们头顶飞过，渐渐地消失在了远方。小儿子问父亲："大雁要往哪儿飞呀？"

"它们要去一个温暖的地方，在那里安家，度过寒冷的冬天，明年它们还会飞回来的。"牧羊人说。大儿子羡慕地说："要是我们也能像大雁一样飞起来多好，那样我们就可以想去哪儿就去哪儿了。"小儿子也对父亲说："做个会飞的大雁多好哇！那样就不用放羊了，可以飞到自己想去的地方。"

牧羊人听了两个儿子的话，沉默了一会儿说道："只要你们想飞，你们也可以像大雁一样飞起来。"牧羊人的两个儿子听了，都把胳膊当作翅膀模仿大雁飞，可是并没有飞起来，相反重重地摔在了地上。

牧羊人说："你们飞的姿势不对，让我飞给你们看。"牧羊人也模仿大雁飞，可是牧羊人同样没有飞起来，牧羊人肯定地对两个儿子说："我是因为年纪大了飞不起来，你们还小，只要不断努力，就一定能飞起来，去想去的地方。"

两个儿子牢牢地记住了父亲的话，他们相信自己一定会飞起来的。在以后的日子里，虽然他们家境贫寒，没有读多少书，可是他们却始终记着飞起来的这个梦想。

兄弟两个长大了，经过不断地努力，终于飞了起来，他们就是莱特兄弟，世界上第一架载人动力飞机的发明者。

莱特兄弟能成功地发明第一架载人动力飞机是与他们从小就种下的梦想分不开的。莱特兄弟也许没有多少飞行的专业知识，可是他们却有着飞行的梦想，梦想最终促使他们发明了世界上第一架载人动力飞机。

有一个调查小组曾经对美国哈佛大学的一群智力、学历、环境条件相差无几的毕业生做过调查，在他们走向社会之前，对他们做了一次关于梦想的调查。结果是这样：

27%的人，没有梦想；

60%的人，梦想模糊；

10%的人，有着明确的梦想；

3%的人，有着长远而明确的梦想。

这个调查小组对这群学生进行了长期的跟踪调查，二十五年后的结果是这样的：3%的人几乎成为社会各界的成功人士，其中不乏社会精英和行业领袖；10%的人，他们的短期目标不断地实现，成为各个领域中的专业人士，生活在社会的中上层；而那60%的人则安稳地工作与生活，衣食无忧；剩下的27%的人则整日为生计奔波着，抱怨社会、抱怨他人。

这群哈佛的毕业生除了梦想，各方面都相差无几，可是最后的结局却有很大的差别，其区别即在于有无梦想！

袁雪芬的“两不”

一个戏曲艺人的灿烂和辉煌，是靠好嗓子、
高超的技巧以及求新求变的精神支撑的。

◎游宇明

在中国戏曲界，上海越剧院前院长袁雪芬绝对是一个如雷贯耳的名字，她是越剧界顶尖级的旦角，当年在上海唱一天戏的报酬是黄金一两，获得过包括中国唱片总公司“金唱片奖”、全国第二届“造型表演艺术成就奖”、“中国戏剧奖终身成就奖”在内的诸多重要奖项。早年的代表作有《香妃哭头》《忠魂鹃血》《山河恋》《王昭君》《西厢记》《绝代艳后》《祥林嫂》等，她饰演的香妃、祥林嫂、崔莺莺等戏剧形象使人久久难忘。

袁雪芬1922年出生在浙江省嵊县杜山村一个私塾教师家庭，2011年2月19日逝世于上海，一生从事越剧艺术的时间长达七十多年。她天资聪慧，十一岁入四季春越剧科班，十四岁开始在杭州演出，1938年到上海，不到二十岁就成为上海滩的名角。袁雪芬不仅基本功特别好，而且敢于创新，1943年11月演出《香妃》时，创造了“尺调腔”。后来，她又用心钻研，使“尺调腔”形成若干板类，有整有散，有快有慢，并发展了各类板腔的反调腔，使越剧唱腔不仅在板式结构方面得到完善，在唱腔曲调上也增强了抒情性和戏剧性。之后在“雪声剧团”（由袁雪芬与另一著名越剧演员范瑞娟一起组建）时期创立了自己的越剧艺术流派——“袁派”。

袁雪芬的唱腔旋律清脆优美，节奏灵活，感情深沉，韵味醇厚，委婉缠绵，声情并茂，深受观众喜爱。名声这样响，打她坏主意的、希望以她的出场来衬脸面的人自然很多，袁雪芬却非常珍惜自己的“羽毛”。她给自己确定了“两不”的生活原则：一是不应酬，二是不唱堂会。旧时代，做演员的一般都是穷人家的孩子，社会地位很低，女演员又大多长得漂亮，时有官僚、商人、流氓地痞纠缠。为了躲开无聊的应酬，袁雪芬选择了吃素。生意人忌讳吃素，认为那样会冲了自己的“财气”，袁雪芬自然落了个清静。袁雪芬也坚决拒绝唱堂会，所谓唱堂会，就是戏班子“上门服务”。

1946年，宋美龄来沪想看袁雪芬的戏，派人叫袁雪芬去府上演出。对这位当时的第一夫人的要求，袁雪芬断然拒绝，她说：“我从来不唱堂会，任何人要看我的戏，请到剧场来。”1947年底，袁雪芬参与演出的《山河恋》被勒令停演。当时恰逢上海大亨杜月笙过生日唱堂会，有人向袁雪芬建议：“你到杜月笙那儿唱一次堂会，然后请杜月笙向当局说一下，事情不就解决了？”“我不去。”袁雪芬斩钉截铁地回答。

袁雪芬坚持“两不”的人生底线，当然是想守住自我的高洁。不应酬，是要守住身子的清白，常在河边走，难免会湿鞋，最好的办法是尽可能不到欲望的河边去；不唱堂会，是要守住艺术的尊严，唱堂会，人家出了钱，想听啥你就得唱啥，艺人没有自主权，不利于艺术的提高。袁雪芬深知：一个戏曲艺人的灿烂和辉煌，是靠好嗓子、高超的技巧以及求新求变的精神支撑的。前两者奠定了艺术的基石，后者可以保持艺术的新鲜。

一点点动功

那一个小小的目的，那内心突然涌现出的一个想法，或许就是引领我们走向成功的真正开始。

◎汪胜战

美国杜鲁门总统上高中的时候，有一位教英文的布朗小姐，长得非常漂亮迷人。1901年在杜鲁门这届学生的毕业典礼上，布朗小姐吻了查理的额头，以示祝福。这不公平的待遇引起了几个男生的不满。其中有一位男生问布朗小姐："为什么只吻查理而不吻其他学生？"布朗小姐说："查理比较优秀，是一个出色的学生。"

为了能得到布朗小姐的吻，此后，这个发问的男孩儿开始努力拼搏。

几十年过去了，这个发问的男生也没有得到布朗小姐的吻，可是在四十四年后，他当选为美国第三十三任总统，他的名字叫杜鲁门。

他任命被布朗小姐吻过的查理为负责出版事务的首席秘书。杜鲁门让查理转达他对布朗小姐的感激，当年就是为得到布朗小姐一吻，使他入主白宫。

有一次，记者采访一位大作家。当他问道：“以你现在所取得的巨大成就，我想知道，最初促使你提笔写作的动机是什么呢？”作家笑笑说：“其实当时很简单，那时我在部队里当兵，我们连的一个通讯员收到了一笔稿费，他把这笔稿费寄回了家里。不久，他家里就来信了，说用寄回去的钱，买了一只小猪，为此他母亲很高兴。这件事当时对我震动很大，一些汉字的排列组合就能够换回一只小猪。当时，我就暗暗发誓，我也要写一篇文章，得了稿费后也寄回去，也让自己的稿费换回一只小猪，也让自己的母亲高兴一回。就为了这样一个小小的目的，我开始埋头写东西……”

在现实生活中，我们往往只看到崇高的理想、伟大的开端，而不知那一个小小的目的，那内心突然涌现出的一个想法，或许就是引领我们走向成功的真正开始。

让奇迹发生

奇迹是怎样发生的？是靠一天天的奋斗与积累，是靠天长日久坚持不懈的努力。

◎王　新

美国的著名电视节目主持人，被誉为“脱口秀”女王的奥普拉温弗瑞在1998年当选为美国最受推崇的女人之一，排名第二，仅次于美国第一夫人希拉里。奥普拉是自幼生长在美国南方的黑人，她有一个十分贫穷的家，而且是个私生女，她的父母从未结婚。她和母亲相处得非常不好，十四岁的奥普拉离家出走，整天和小混混们在一起，她的母亲无计可施，只好把她交给她父亲管教。奥普拉的父亲弗农相信严格的家规和学习计划对孩子有好处，他为奥普拉制定了高标准，激励她追求卓越，他要求奥普拉在家里和学校都要做读书笔记，每天都得熟记规定的英文单词，他清楚地知道他要的和预期的目标是什么，少一分都不行，他也要奥普拉知道这一点。他郑重地对奥普拉说：“有些人看着奇迹发生，有些人连发生了什么奇迹都不知道，而有些人却让奇迹发生，你就要做那个让奇迹发生的人。”

奥普拉说：“我自幼生长在没有水电的屋子里，人们不会想到我的一生除了在工厂或密西西比的棉花田干活儿之外还有什么成就，父亲的话改变了我的一生，让我明白了事在人为的道理。”奥普拉用每一天的奋斗让奇迹在自己身上发生了。

有一名十几岁的少女在去参加钢琴演奏比赛的路上不幸遭遇车祸，被送进了医院。她清醒之后，发现自己左手毫无知觉，形同虚设，对于一个弹钢琴的人来说，一双手就是她的生命。她急忙地问医生：“我的左手有治好的希望吗？”医生微笑着点点头。少女十分高兴，全力配合医生治疗。然而时间一天天过去，半年多了，她的那只手依然如故。

“大夫，我的手到底有没有救？”她忍不住再次询问。医生不忍心欺骗这样一颗天真善良的心。他说：“孩子你要坚强，不能说就没有希望，但困难很大，除非……”“除非什么？”

“除非有奇迹发生！”“奇迹……会的，我会让奇迹发生的！”少女坚定地说。因为她的梦想还没实现，她要考音乐学院，她要做一名钢琴家。所以她一定要做那个让奇迹发生的人。

此后，她遍访名医，做针灸，喝各种难喝的中药，天天揉捏锻炼左手并坚持用另一只手练琴。她的爸爸鼓励她：“左手不行，就用右手来补，身体不行就用意志来补，只要努力奇迹就一定能够发生。”几年后，奇迹果然开始发生了，左手开始有知觉了，能笨拙地、缓慢地在钢琴上移动了。她欣喜若狂，继续坚持用右手练琴，同时左手也参与进来。两年之后，她的左手终于能运用自如了。靠着顽强的意志，她不但治好了左手，而且圆了自己的梦想。

在生活中，有些人根本就不相信奇迹，他们的一生自然平庸无奇，有些人看着奇迹在别人身上发生，自己无动于衷，这样的人同样不会有什么作为。只有那些有信心让奇迹在自己身上发生的人才能干出一番事业，才会有所成就。

奇迹是怎样发生的？是靠一天天的奋斗与积累，是靠天长日久坚持不懈的努力。“成功的花，人们惊艳于它的美丽，谁会想到，当初它的芽、蕾却浸透了奋斗的血和泪。”从现在开始努力奋斗吧，去做那个让奇迹发生的人。

挑战自己

如果我们过分注重或满足于一次小小成功所带来的惊喜与荣誉，那只能束缚了我们再次超越自己能力的发挥。

◎矫友田

世界三大男高音之一多明戈年轻时曾成功地为母亲佩皮达的歌唱会做钢琴伴奏。之后，他在母亲的影响下，渐渐地把兴趣由钢琴演奏转向了歌唱。

多明戈在墨西哥城演出了一百七十余场《窈窕淑女》，他的歌唱事业已经滑进了一条平静的、没有丝毫风浪的河流。每天，他都和那一群富有的朋友在墨西哥城过着一种传统的奢华生活；他们一夜又一夜地从一个酒吧呼啸着奔向另一个酒吧，他的大多时间都浪费在无聊的酒场和闲聚之中。

有一天，多明戈去医院探望一位身患绝症的挚友，那位挚友提醒他："眼前的这一点点荣耀，与你的天赋相比是何等渺小！你这样放纵自己，其实就是在浪费自己的生命。你为什么不让自己的梦想变成现实呢？你有能力做到！"挚友的诤言，深深打动了多明戈的心灵，他曾流着热泪在日记里面写道："生命是短暂，对每一个放纵它的人来说都是始料不及的。而我眼前所取得的荣耀，与曾经的梦想相比是何等渺小，我必须重新挑战自己！”

此后不久，多明戈的另一位朋友——犹太钢琴家约瑟·卡恩给他打来电话，告诉他特拉维夫歌剧院有一个演员的职位空缺。尽管歌剧院开出的月薪只有1000以色列币（当时折合333美元），但多明戈仍不肯放弃这个难得的机会，他迫不及待地给歌剧院寄去了一个示范磁带。他们立即寄来回信表示愿意接受他，多明戈简直欣喜若狂。

特拉维夫的生活并不轻松，甚至多明戈第一次看见这座城市就觉得它有些令人沮丧。因为那时正是圣诞节期间，应该四处装扮得漂漂亮亮，充满节日喜庆的气氛，但这座犹太城市非常昏暗，令他感到格格不入。

多明戈知道自己走进这座城市，便意味着完全远离了他在墨西哥大剧院辉煌的主角地位，一切必须从零开始，从一个不被观众注重的配角开始。当时，他每场演出费只有16.5美元，并且歌剧院的女经理是一个个性倔强、脾气异常暴躁的人，演员们都很难适应她。

但是，多明戈一想到自己离开墨西哥大剧院之前的梦想，眼前所有困难都变得迎刃而解了。他全心全意、毫不松懈地接受歌剧院对自己的训练。之后，他在短短半年的时间里，参加了两百场演出，学习了五十部歌剧。在特拉维夫歌剧院那一段颇有些“残酷”的演出和训练中，多明戈掌握了通常要用一生时间才能获得的歌剧表演经验。

一天，命运之神终于站到了多明戈一边。歌剧院扮演《卡门》中唐豪瑟的演员因为和经理大干了一场，临场出走了。经理大胆地做出决定，决心起用一直在剧中担任配角的多明戈来扮演这一角色。

于是，这位男高音歌唱家把自己锁在饭店的房间里，他只花了三天的时间，就学会了全部法语唱词。结果，那场演出获得了巨大的成功。由此，多明戈渐渐赢得了全世界的关注，尤其是接到一些来自欧洲的邀请，其中最引人注目的是来自汉堡和维也纳的邀请。他在汉堡演出时，再一次引起巨大的轰动，以至剧团希望与他签订长期合同。但是，多明戈却拒绝了这个合同。因为他坚信自己真正的艺术生涯才刚刚开始，他应该完全自由地去迎接下一步任何有可能发展自己的挑战！

每个人都在渴望着成功，然而成功并不是一条风和日丽的坦途。它需要我们有一种披荆斩棘和承受厄运的勇气；同时，我们还必须学会正确地审视自己，从而摒弃那些浮躁、失控的心绪。如果我们过分注重或满足于一次小小成功所带来的惊喜与荣誉，那只能束缚了我们再次超越自己能力的发挥。我们应该不时地发觉自身的不足，向自己来一次全新的挑战；然后通过不懈的努力，来弥补那些缺陷，使自己生命的轨迹不断向前！

心在哪里成功就在哪里

你的心在哪里，你的成功就在哪里，你的财富就在哪里。

◎钟　汉

有一位昆虫学家和他的商人朋友一起在公园里散步、聊天。忽然，他停住了脚步，好像听到了什么。“怎么啦？”他的商人朋友问他。昆虫学家惊喜地叫了起来：“听到了吗？一只蟋蟀在鸣叫，而且绝对是一只上品的大蟋蟀。”商人朋友很费劲地侧着耳朵听了好久，无可奈何地回答：“我什么也没听到！”“你等着。”昆虫学家一边说，一边向附近的树林小跑了过去。不久，他便找到了一只大个头儿的蟋蟀，回来告诉他的朋友：“看见没有？一只白牙紫金大翅蟋蟀，这可是一只大将级的蟋蟀哟！怎么样，我没有听错吧？”“是的，您没有听错。”

商人莫名其妙地问昆虫学家：“您不仅听出了蟋蟀的鸣叫，而且听出了蟋蟀的品种——可您是怎么听出来的呢？”昆虫学家回答：“个头儿大的蟋蟀叫声缓慢，有时几个小时就叫两三声。小蟋蟀叫声频率快，叫得也勤。黑色、紫色、红色、黄色等各种颜色的蟋蟀叫声都各不相同，比如，黄蟋蟀的鸣叫声里带有金属声。所有鸣叫声只有极其细微，甚至言语难以形容的差别，你必须用心才能分辨得出来。”

他们一边说，一边离开了公园，走在马路边热闹的人行道上。忽然，商人停住了脚步，弯腰拾起一枚掉在地上的硬币。而昆虫学家依然大踏步地向前走着，丝毫没有听见硬币的落地之声。

这个故事也许根本就是杜撰的，但是它却说明了一个道理：你的心在哪里，你的成功就在哪里，你的财富就在哪里。昆虫学家的心在虫子们那里，所以他听得见蟋蟀的鸣叫。商人的心在钱那里，所在，他听得见硬币的响声。

为什么有的人会在焦急的时候说梦话——关心所致；为什么有的人会为一个梦想废寝忘食——还是心思在那儿。这样我们就不难明白，为什么有的人能够摘取人生巅峰上的皇冠，有的能够取得世人瞩目惊叹的成就，而有的人一生虽然也忙忙碌碌，却一事无成，还是心思不在那里，三心二意罢了。

成功的道路是目标铺出来的

如果人生没有目标，就好比在黑暗中远征。
伟大的目标产生伟大的动力，伟大的目标
形成伟大的人物。

◎蒋光宇

心理学家曾经做过这样一个实验：

组织三组人，让他们分别向着十公里以外的三个村子进发。

第一组的人既不知道村庄的名字，又不知道路程有多远，只告诉他们跟着向导走就行了。刚走出两三公里，就开始有人叫苦；走到一半的时候，有人几乎愤怒了，他们抱怨为什么要走这么远，何时才能走到头，有人甚至坐在路边不愿走了；越往后走，他们的情绪也就越低落。

第二组的人知道村庄的名字和路程有多远，但路边没有里程碑，只能凭经验来估计行程的时间和距离。走到一半的时候，大多数人想知道已经走了多远，比较有经验的人说：“大概走了一半的路程。”于是，大家又簇拥着继续向前走。当走到全程的四分之三的时候，大家情绪开始低落，觉得疲惫不堪，而路程似乎还有很长。当有人说：“快到了，快到了！”大家又振作起来，加快了行进的步伐。

第三组的人不仅知道村子的名字、路程，而且公路旁每一公里就有一块里程碑。人们边走边看里程碑，每缩短一公里大家便有一小阵儿的快乐。行进中他们用歌声和笑声来消除疲劳，情绪一直很高涨，所以很快就到达了目的地。

心理学家得出了这样的结论：当人们的行动有了明确目标的时候，并能把自己的行动与目标不断地加以对照，进而清楚地知道自己的行进速度和与目标之间的距离，人们行动的动机就会得到维持和加强，就会自觉地克服一切困难，努力达到目标。

这使人联想到罗斯福总统的夫人与萨尔洛夫将军的一次对话。

罗斯福总统的夫人在本宁顿学院念书的时候，打算在电讯业找一份工作，以补助生活。她的父亲为她引见了自己的一个好朋友——当时担任美国无线电公司董事长的萨尔洛夫将军。

将军热情地接待了她，并认真地问："想做哪一份工作？"

她回答说："随便吧。"

将军神情严肃地对她说："没有任何一类工作叫'随便'。"

片刻之后，将军目光逼人，以长辈的口吻提醒她："成功的道路是目标铺出来的。"

如果人生没有目标，就好比在黑暗中远征。人生要有目标，一辈子的目标，一个时期的目标，一个阶段的目标，一个年度的目标，一个月份的目标，一个星期的目标，一天的目标……一个人追求的目标越高越直接，他进步得就越快，对社会也就越有益。有了崇高的目标，只要矢志不渝地努力，就会成为壮举。

如果将心理学家的结论用哲人的语言来表达，那就是："伟大的目标产生伟大的动力，伟大的目标形成伟大的人物。"

把柠檬变成柠檬汁

在人生的旅途上常常会发生一些难以预料的事情，一旦命运给你带来一个苦涩的柠檬，那么只要你的心还在跳动，你的精神还站立着，就不妨把它变成一杯柠檬汁。

◎寒　流

有一个女孩儿，很小的时候梦想成为一名出色的滑雪运动员。不幸的是她竟患上了骨癌，为了保住生命，被迫锯掉了右脚。

厄运的降临没有使她放弃心中的梦想，她一直都告诫自己："我要为自己的生命负责，决不放弃，要向逆境挑战！"她以顽强的斗志和无比的勇气，排除万难，终于创下了多项世界纪录，其中包括夺取了1988年冬奥会的滑雪冠军，并在美国滑雪锦标赛中赢得了二十九枚金牌。后来，她还成为攀登险峰的高手。她就是美国运动史上极具传奇色彩的著名滑雪运动员——戴安娜·高登。

人生路上，有顺境，也有逆境。对某些人来说，逆境是学校，厄运是老师。逆境能激发人的斗志，使潜力最大限度地释放出来，演变成奋发进取的力量。

美国有一个叫吉尼杜耐的拳击手在1978年击败了当时的拳王

杰克，成为世界重量级拳击锦标的新得主。吉尼杜耐开始拳击生涯时，是个相当强壮的攻击手，能用一只手击倒对方。第二次世界大战期间，他是美国远征军中的一员，有一次在法国表演拳击时出现意外，弄断了双手。医生告诉他，他的手很脆弱，再也不可能在世界重量级拳击赛上拿到任何名次。但吉尼杜耐并不因此动摇。他说："如果我无法以攻击手的身份赢得锦标，那就以拳击手的身份获胜。"经过艰苦的科学的训练，吉尼杜耐成了拳坛上最科学与最富技巧的拳击手之一。1978年吉尼杜耐凭着技巧击败了杰克，赢得了世界重量级锦标赛冠军。这一结果让所有的拳击教练震惊不已，他们一致认为，如果吉尼杜耐没有断过手，永远也不可能赢得世界重量级锦标赛的冠军。吉尼杜耐如果靠原来的硬拼猛打，根本打不过杰克。而现在因为他不能硬拼，只能用拳击手的技巧以智取胜，却因此得了冠军。在接受记者采访时吉尼杜耐风趣地说："我只不过把上帝给予我又苦又涩的柠檬——两只断手，变成了可口的柠檬汁，仅此而已。"

在人生的旅途上常常会发生一些难以预料的事情，一旦命运给你带来一个苦涩的柠檬，那么只要你的心还在跳动，你的精神还站立着，就不妨把它变成一杯柠檬汁。其实，我们身上发生了什么并不重要，重要的是要想尽一切办法来加重我们成功的砝码。

为未来播种

执着的追求，艰辛的磨炼，这些都是在为未来播种。一旦遇上机遇的春风，勤勉的种子就会生根发芽，破土而出，茁壮成长，并赢得璀璨而芬芳的未来。

◎崔鹤同

在黑龙江北大荒生产建设兵团一师一团，一个哈尔滨来的知青在团宣传股做报道员。工作之余，他总是抓紧时间看书写作，并试着写一些小文章寄到《兵团战士报》。文章虽然稚嫩，但能够发表却使他深受鼓舞。

不久，年轻人经历了一次磨难：当时他被“精简”到木材加工厂去抬木头，极度的劳累使他吃不下饭，浑身无力，有一次险被压倒在木头底下。更为严重的是，他已患上了急性无黄疸型肝炎，肝功能损伤严重。但是，有一点不变的是，无论在怎样的情况下，他总是坚持他的爱好，即使在滴水成冰、风雪交加的夜晚，他仍然坚持在昏暗的灯光下读书写作。

一天，他正硬撑着和伙伴们抬大木，连长把他叫过去，说有一名复旦的老师要见他，叫他立即到招待所去。“负担？什么负担？”当时小伙子尚不知“复旦”是何物。

到了招待所才知道，来人是复旦大学政治经济系的一位陈老师。他热情地询问年轻人都读过哪些文学书籍，最喜欢哪些……能有一位大学老师认真地和一个知青谈文学，这使年轻人十分高兴。他说了许多，把自己很多的想法都说了出来。陈老师显出很高兴的样子。

隔了三天，陈老师又把年轻人找到招待所，对他说：“你的档案我已经寄到复旦大学了。如果复审合格，你将成为复旦大学中文系创作专业的学生。”

年轻人一下子惊呆了。

原来，那一次招生，整个东北地区只有两个复旦大学的名额，都分在年轻人所在的兵团，而其中一个又分在了他的团场。陈老师住在招待所时，偶尔读《兵团战士报》，发现这个年轻人的一篇散文，觉得他很有文学天赋，便到宣传股，把他几年来发表的小诗、小散文、小小说统统找到，认真读了，然后他又亲自到招生办去交涉。就这样，这个年轻人的名字同复旦大学连在了一起。这个年轻人就是后来以中篇小说《今夜有暴风雪》而声震文坛的著名作家梁晓声。

试想想，当时兵团里的知青那么多，为什么幸运之神偏偏降落到他的头上呢？这得归功于他平时的积累和准备。为了实现自己的理想，在那样艰苦的环境里，梁晓声始终坚持写作，默默地锤炼自己。尽管他发表在《兵团战士报》的还只是些不成熟的小文章，但正是这些小文章，使他佩戴上了复旦大学的校徽，为他打开了通向成功之门。

是的，执着的追求，艰辛的磨炼，这些都是在为未来播种。一旦遇上机遇的春风，勤勉的种子就会生根发芽，破土而出，茁壮成长，并赢得璀璨而芬芳的未来。

不要忘记，你的目标还没达到

只有给人生一个坚定的目标，我们才能于平淡处品味生活的甘醇，在命运的困厄下固守自己的信念，在岁月的年轮里收获成功的人生。

◎一　哲

他出生在山东沂县一个贫困家庭，尽管勤奋好学，但是因为负担不起学费，念完初中便辍学了，贫困让他的人生和梦想在此转弯。

辍学后，他背上行囊，像千千万万农村青年一样，来到了城市，成为一名农民工。不同的是，他的行囊里带着书，带着纸和笔。在大连，他租了一个四平方米大的小房，做起卖菜的小生意。每天凌晨2点左右，他到蔬菜批发市场批发蔬菜，然后再拉到菜市场上去卖，每个月能赚五百块钱。别人卖菜都大声地叫卖，他却把菜价写在标签上，等待别人来买。在等待的时间里，他如饥似渴地读书。没有谁会想到，一个卖菜的小伙子竟能在喧闹的菜市场读完《资本论》。卖了两年菜，经人介绍，他去了一家工厂做仓库保管员。工作中，他接触到产品出货单、海关清单，上面全是英文，他看不懂，这激发了他学习英文的兴趣。他买来一些英语学习资料，开始学习英语，仅有初中所打下的一点英语基础，他学起来很吃力，但是他相信只要坚持学下去，就能把英语学好。就这样，他自学六年，终于拿到了英语专业的本科文凭。

1997年，工厂破产了，他失去了工作，又成了农民工中的一员。他给人划过玻璃，安装过空调，卖过雪糕，做过许多很辛苦的工作，但是无论做什么工作，他随身都带着书。他又租了一间很简陋的平房。夏天，房间里有蚊子，为了避免蚊子的骚扰，安心读书，他把双腿泡在水桶里；冬天，房子四处透风，墙壁上的霜都凝结了，就在这寒冷中，他依然如痴如醉地读书，从没有懈怠过。2004年，他参加了研究生考试，结果很不理想。认识他的人都说："别人在大学里念书，学习条件那么好，还考不上研究生，你条件这么差，恐怕更难了。"他一笑了之，他知道研究生不是轻易能考上的，尤其是对于他而言，但是再难他也不想放弃。2005年，他再次参加研究生考试，这一次，他成功了，被中国社会科学院录取了。捧着录取通知书，他流下了幸福的泪水。

他叫郭荣庆，一个憨厚的小伙子。他的事迹传遍了整个大连。电视台请他做节目，在节目现场，有位大连市民问他："在困境中，你是怎样激励自己的？遇到挫折，你是怎么面对的？"郭荣庆这样回答："如果你的目标是高山的山顶，那么你决不会因半山腰的藤绊了一下脚而停下自己爬山的脚步。所以，遇到挫折，一定不要忘记，自己的目标还没达到。"

其实，每个人都有自己的梦想，并十分渴望到达梦想的巅峰，然而，前进中的困难、挫折这样的“藤”会出现。但是，我们不能就此没了信念、丢了目标。请不要忘记，我们的目标在山顶，不要让“藤”永远地绊了前进的脚步。有句话说得好：“任何方向的风，都不会把没有目标的船吹向目的地。”只有给人生一个坚定的目标，我们才能于平淡处品味生活的甘醇，在命运的困厄下固守自己的信念，在岁月的年轮里收获成功的人生。

追逐我的梦想

赢得胜利的人并不总是那些最强壮的人，
而是失败了之后不放弃的人。

◎李荷卿　编译

这里正在举行区田径运动会，我们已经为之训练了很长一段时间。我的脚在早先的训练中被扭伤了，现在还没有恢复过来。事实上，我一直在考虑是否应该参加这次运动会。但是，最终我还是出现在赛场上，为3200米田径比赛做着准备。

"砰！"枪声响了，我们像离弦的箭一样射出了起跑线。别的女孩子跑在了我的前面。我意识到我的腿正在一瘸一拐地向前跑，当我越落越远的时候，我觉得羞愧万分。

当跑在最前面的选手跑过终点线的时候，她比我整整快出两圈。"万岁！"人群欢呼着。这是我在运动会上所听到的声音最大的欢呼。

"也许我应该退出，"当我继续一瘸一拐地向前跑的时候，我心里想。"那些人不想等着我跑完比赛。"但不知为什么，我决定继续跑下去。在跑最后两圈的时候，我的脚很疼，我决定明年不参加田径比赛了。我想，即使我的脚恢复了，也没有用。我不可能打败那个超过我两圈的女孩儿。

当我跑完全程时，我听到一阵欢呼声——就像我在第一个女孩儿跑过终点线时所听到的一样充满热情。“他们在欢呼什么呢？”我问自己。我转身向周围看了看，男孩子们正在为他们的比赛做准备。“是的，他们正在为那些男孩子们欢呼。”

我直接向盥洗室走去，在那里，一个女孩儿撞在了我的身上。“哇，你真勇敢！”她告诉我。

勇敢？她一定是把我错当成别人了。我刚刚输了比赛！

“如果我是你，我一定跑不完那两英里的比赛的，我会在第一圈的时候就退出来。你的脚怎么了？我们刚才一直在为你欢呼。你听到我们的欢呼声了吗？”

我简直不敢相信我所听到的一切，一个与我完全陌生的人刚才一直在为我欢呼。不是因为她希望我赢，而是因为她希望我继续跑下去，不要放弃。突然，我重新获得了希望，我决定明年还参加田径比赛，一个女孩儿拯救了我的梦想。那天，我明白了两个道理：

第一，一个小小的善举和对他人的信心能够对那个人造成深远的影响。

第二，力量和勇气并不总是用奖章和胜利来衡量的。它们还可用为战胜困难所做出的努力来衡量。赢得胜利的人并不总是那些最强壮的人，而是失败了之后不放弃的人。

我梦想着，将来有一天，也许那时候我已经是一个高年级的学生了，我能够赢得比赛，赢得像我作为一名新生输了比赛时所获得的那样响亮的欢呼。

分解目标

事先把目标一点点地分解，虽然每次获取的成功只是一点点，但一次又一次地积累，最终会取得圆满的成功。

◎阮永兴

在我的眼里，邻家的二叔有一种与年龄不相符的沧桑。虽然二叔还只有五十岁多一点，但他却早已苍老得如同一个老人，而且整日沉溺于酒中。其实，知道二叔过去的人都认为他是一个大有可为者，只不过一件小事改变了他的后半生。

二叔也时常与我聊起他的往事。那是20世纪80年代末，二叔凭着自己的勤劳能干在家乡办了一家小厂，专门生产一些化学染料助剂。短短的时间里，他便有了几十万元的资产，在那个时候，万元户还是一件稀罕事，二叔当然成了乡人眼中的大款，大家都认为二叔天生是一个干事业的料。在众乡亲的赞誉声中，二叔也有点飘飘然，竟做出了一个破天荒的决定——开发一些新产品并快速把厂子扩大。当然，当地的政府和银行也十分支持二叔的举动，土地、贷款很快就给办理好，二叔的新厂也很快上马了，但当二叔准备雄心勃勃地大干一场的时候，一个突如其来的灾难发生了。由于技术问题，导致他的新产品质量不过关，并且由于用了他的产品，许多企业都亏损了，纷纷要求他赔偿。此时，由于货款到期，银行又找上门来。转眼之间，二叔便由一个暴发户变为一个穷光蛋。也就从那时起，二叔变得一蹶不振，并整日酒中求醉。

二叔总是一脸悔恨地告诉我，他那时的雄心太大了，总想一口气就把企业给做大，但由于自己不懂得管理和生产工序，最终导致企业的破产。二叔也总感慨地说："我的一生就败在对成功的追求太迫切，也就是我的野心，使我的一生发生了翻天覆地的变化，要知道太大的雄心有时也会毁灭人的。"

有一句俗话说，一口不能吃成胖子。实现理想也一样。许多人因为贪求快速成功，往往将自己的一生作为赌注投入进去，结果一着不慎输掉了一生。而另一些人却是事先把目标一点点地分解，虽然每次获取的成功只是一点点，但一次又一次地积累，最终会取得圆满的成功。

只认一个“最爱”

认准自己真正的最爱，矢志不渝，奋力拼搏，这就是成功的希望所在。

◎陈明聪

荣获诺贝尔物理学奖的杨振宁教授，在一次演讲时说，从小，他就是个很不聪明的孩子，上小学时进度总是跟不上，作业簿上更是写得乱七八糟，老师的评语是“粗心”二字。

到了中学，在只有三十个人的班级里，成绩也只是第五或第六，从来没有跨越到第五名之前。

然而，也正是在中学时，他发现自己在物理方面特别得心应手，而且非常有兴趣，从此他下定决心，要朝着“物理”方向前进。

到了读大学时，他毫不犹豫地选择了物理系，从此一辈子潜心研究物理。

他说：“许多同学研究了三年物理学后，便改学化学，不久又改向工程学，只有我，自始至终都在‘物理’。”

他还说：“我有个很要好的朋友，不管在什么领域都非常优异，而且兴趣广泛，但是在进入大学后，方向却摇摆不定，一会儿读数学，一会儿又改读生物，甚至又跳到了音乐，最后当然一事无成了。”

在生活中，经常听见许多人说：“我的兴趣太多了，真不知道要选哪一样。”

然而，你是否扪心自问过：“我是真的兴趣太多，还是根本不知道自己的目标在哪里？”

实际上，样样通、样样松的人最终可能要讨饭吃。正如杨振宁教授所说，即使智商180的孩子，如果从小到大都漫无目的地学习，完全没有自己的方向，学一样放弃一样，天才也要变蠢材了。

是的，也许走向成功的路有千万，但最终你要回归的目标只有一个，认准自己真正的最爱，矢志不渝，奋力拼搏，这就是成功的希望所在。

对自己讲信用

一个人对自己讲信用则要难得多，因为那只是自己内心的声音，唯一能监督自己的只有自己。

◎范丽荣

西班牙著名画家毕加索对齐白石的画艺深感叹服，他说：“齐先生的画，水中的鱼儿没有一点色，一根线去画水，却使人看到了江河，嗅到了水的清香。”

的确，一只普通的毛笔到了齐白石手上，就仿佛有了魔力，在他的笔下，花、鸟、虫、鱼都有无限的生命力和神奇的魅力，特别是他画的虾，栩栩如生，清润透明。如此出神入化的才艺，自然尽可归因于天才。对于这样的说法，想来白石老人定会淡然一笑，因为他知道，自己身上并没有艺术基因的遗传，成功在于他一直信守着一个对自己的承诺。

齐白石出生在一个贫困的家庭，少年时便要放牛、砍柴、捞鱼虾，艰苦的生活环境并没有泯灭他读书作画的兴趣，从那时起他就暗下决心，要做一个王冕那样的画家。为了实现自己的梦想，他给自己定的规矩是每天画一幅画。不管是在故乡居住的五十载春秋，还是迁居北京之后的日子里，从不间断。老人在八十五岁那年，有一天连画了四张条幅。当时，他已经很累了，可是仍要再画一张。画完之后，又在画上题了这样几句话："昨日大风雨，心绪不宁，不曾作画，今朝制此一张补充之，不教一日闲过也。"在他九十岁生日的时候，因为客人多，没有腾出时间作画，同样在第二天多画一幅补上。正是雷打不动的行动准则才造就了他那炉火纯青的画艺。

一个人对他人讲信用相对容易，因为要受到外界评价、舆论监督等外在力量的约束，这种压力会迫使他恪守承诺；而一个人对自己讲信用则要难得多，因为那只是自己内心的声音，唯一能监督自己的只有自己。但只有拥有那样一种坚定的心力的人，才会出类拔萃，因为这正是他超凡脱俗的地方。

目标下一个

在成功之前，他无视轻蔑，无视侮辱，他要做的就是不停地寻找，寻找目标，下一个目标，下一个更重要的目标。

◎张小失

周末傍晚的步行街上，人流缓慢，透着悠闲的气息。街道两旁是鳞次栉比的大小商店，橱窗辉煌、霓虹灯闪亮。城市的生活节奏随着夕阳的下沉而趋向从容。

我坐在花圃台子上喝热饮，淡然看待这一切。这时，面前闪现一个人影，他伸出手，向我展示一只漂亮的电子表。“先生，请试试这种新产品吧，它的功能很多……价钱不过十二元……”我听他说完，微笑着摇摇头。他道了声谢，又去寻找下一个推销对象。

但这次他很不顺，对象是个粗暴的汉子。汉子没听完就打断他的话：“不要，不要！”他愣了一秒，继续向汉子解释这种电子表的价值。汉子忽然暴跳如雷：“我说不要，快滚！”

旁边的人都愣住了，目光聚向推销员。我惊讶地看着眼前这一幕，心想比起韩信，这倒也不算什么奇耻大辱，可人的自尊还是失去了许多。不知他如何应对？这时，只见推销员微微鞠躬，转身就走。很快又在另一位客人面前停下来，介绍他的电子表。

我忽然哈哈笑了。因为我发现那个粗暴的汉子满脸迷茫的神色，似乎为刚才的不逊之语没有得到相应的回击感到不解，他愣愣地瞅着推销员的背影，活像一个被对手抛弃的挑衅者——拔剑四顾心茫然……

这时，推销员又走远了点，正向不知道是今天的第几位顾客介绍新产品。他的背影是那么虔诚，对待电子表，对待他的工作，对待他心中的目标——是的，他是一个心怀目标的人。正因此，他没有纠缠刚才的侮辱，而是直奔目标而去。在成功之前，他无视轻蔑，无视侮辱，他要做的就是不停地寻找，寻找目标，下一个目标，下一个更重要的目标。

出租车“大忍者”——川锅秋藏

“加法哲学”就是把“零”充实为“1”的生财法则，就是把“虚无”填补为“实有”的创业法则，就是把“低迷”张扬为“豪放”的成功法则。

◎胡　羽

中国古语说得好：“年轻是个宝，朝气少不了。只有勤闯荡，方能成英豪。”作为一个在市场经济大潮中搏风击浪的有为青年，你既不要艳羡犹太财阀的精明，也不要渴慕日本巨贾的机灵，更不要仰视华侨富豪的聪颖。因为，一味的膜拜和顶礼只会蜕变为沉重的心灵禁锢和精神重负，久而久之则会销蚀和吞噬掉你的理想、斗志和勇气。

经商办企业的无数成功事例告诉我们：生意就在你身边，机遇就在你眼前。只要你心有灵犀找生意，细斟精酌干生意，胸怀大志壮生意，你就会在不远的将来脱胎换骨为生意场的大腕、企业界的巨子和营销界的圣手。只要你能始终保持虎虎有生气，抓住一百次机会中的一次，“该出手时就出手”，风风火火闯天下，你就会成为“登高一览众山小”的市场弄潮儿，你就会发出“问天下谁是英雄”的自豪诘问。

作为日本交通公司的创始人——川锅秋藏，既无不愁吃穿的殷实家境，又无富甲天下的创业本钱，更无令人艳羡的强大后台；倾其所有，只有不怕天不怕地的青春朝气，只有敢闯敢冒敢为天下先的冲天干劲，只有在别人看来分文不值的一个字——“零”。但是，川锅秋藏并未为出身的贫寒、囊中的羞涩和靠山的难觅而哀叹不已，反而从这个代表一无所有的“零”字里，独具慧眼地捕捉到了白手起家的最佳契机，干净利落地抛弃了难为情面的虚荣心理，匠心独运地从影踪难觅的“零”的虚无中挖掘出了功成名就的宝藏，潇洒自如地在一张白纸上描绘出了最新最美的创业画卷。他的发迹历程，既无偶然的奇遇，亦无天赐的良机，有的只是“集腋成裘”的千辛万苦，有的只是“聚沙成塔”的东拼西博。他的成功之道，从一个侧面印证了中国古代哲理名言——“九层之台，起于垒土；千里之行，始于足下”的深邃内涵，向一切立志闯荡工商界的有为青年昭示出“三分天注定，七分靠打拼”的人间正道。

川锅秋藏，出生于一个吃了上顿愁下顿、衣服补丁摞补丁的穷苦家庭，从小就食不果腹、衣不蔽体，根本无法享受同龄人的无忧无虑和养尊处优的生活。在这种“劳其筋骨，饿其体肤”的艰难困苦环境中，川锅秋藏养成了吃苦耐劳的品性，铸就了顽强拼搏的秉性。在二十一岁那年，川锅秋藏抱着一定要成为驰骋商界的大腕、光宗耀祖的富豪这样一个坚定信念和崇高理想，走出穷乡僻壤小天地，闯入东京都市大舞台，孑身一人孤胆创伟业。虽然，他初来乍到两眼一抹黑，根本不知道创业从何处着手，“土包子”的装束更令都市人嘲弄不已。但是，他以一个一无所有年轻“无产者”所拥有的朝气和聪颖，不知天高地厚地为自己设计出一个“面壁十年图破壁，土包子也要开洋花”的奋斗目标，以求将自己积攒了二十余年的浑身能量淋漓尽致地释放出来，尽快把自己这块有待雕琢的璞玉镌刻成一块晶莹剔透的宝石。

正是胸怀“舍得一身剐，敢把皇帝拉下马”的无畏斗志和勃勃雄心，川锅秋藏才不计薪水高低和工作条件好坏地来到了一家运输公司，充当起“天当被子地当床，没日没夜苦奔忙”的卡车司机，试图经过卧薪尝胆，早日实现自己十分渴慕的“经营出租车”之美梦。为了早日脱离打工生涯，川锅秋藏始终如一地奉行着“节省一粒粟，终获几斗粮”的节俭准则，把自己的一切欲望禁锢起来，把生活必需降低到最低水平，千方百计地从自己的牙缝里剔出钱财，克勤克俭地积攒着创业立身资本。面对川锅秋藏这种一分钱掰成两半花的苦行僧式的生活态度，其他司机纷纷诱导和劝说他：“作为‘听诊器、方向盘、广告人’三大热门行业的时代骄子，我们的收入比其他职业高出三倍多。何不及时行乐、享受人生呢？”但是，川锅秋藏把同行们的苦口婆心置之脑后，不为物欲所惑，仍旧我行我素地把月薪的绝大部分积存起来，只留下维持最低生活的费用。司机朋友们见说服不了川锅秋藏，就另生一计，在宿舍里狂饮豪赌、玩乐狎妓，试图让川锅秋藏被奢靡腐化的气氛熏陶，不知不觉地放弃勤俭的初衷，自觉自愿地下水同流合污。谁知定力颇深的川锅秋藏却心静如水，依然如故地没日没夜苦干实干，想方设法地随时随地多赚薪水，千方百计地省吃省喝积攒钱财。就这样，经过五年时间的克勤克俭和潜心积攒，川锅秋藏终于赚到和攒够了自己独自创业打天下所需的钱，为孑身一人闯天涯奠定了坚实可靠的资本基础和傲视群雄的胆识素质。

在创业所需的各种条件具备之后，川锅秋藏用自己的所有资本冒险买下了一辆汽车，大胆创办了以出租车为主要经营对象的日本交通公司，并逐渐形成了世界企业经营管理宝库中最耀眼的“打工生财法则”——“加法哲学”。这就是：如何认识看似简单、实则深奥的“零”，对确定自己的奋斗目标和人生轨迹，具有举足轻重的莫大作用。如果你持有“虽然现在自己处于一无所有的‘零’状态，但是只要勇敢挣脱‘零’的羁绊，就会披荆斩棘地奔向光辉灿烂的明天”这样一种“这山望着那山高”的积极向上态度，你的前途将是无可限量的；反之，如果你抱着“无论你怎么折腾都将一无所成，最终的结果只能是两眼含泪向隅泣”的裹足不前态度，你的事业定会一败涂地。只有敢于正视创业之初的“零”现实，对于白手起家不悲观失望，对美好未来充满信心，你才能脱胎换骨为人人敬重的“忍者”。对于有志者而言，“零”是“可能性”的代名词。这种对“零”的独到见解，只会使有志者对“零”状态没有丝毫的局促不安和灰心丧气，有的只是饱满的大胆前行和无怨无悔。经商办企业不存在“一口吃个大胖子”的奇迹，只能是“积小流成江河”的脚踏实地。换句话说，经商办企业是“加法”而不是“乘法”，只要给“零”加上“干劲”“希望”和“想象”的潜在能力和优秀素质，“零”就会摇身一变为实实在在的0.3。这时，你再也不会垂头丧气地慨叹“我总是一无所有”了。因此，只要你浑身充满事业的欲望，从奋斗目标和远大志向的大处着眼，从克勤克俭、锱铢必较的小处着手，你就会冲出“零”的包围圈，成为顶天立地的堂堂男子汉和受人尊崇的大大柔道王。简言之，“加法哲学”就是把“零”充实为“1”的生财法则，就是把“虚无”填补为“实有”的创业法则，就是把“低迷”张扬为“豪放”的成功法则。一句话，“加法哲学”，就是突破“零”界成绚丽的哲学。

正是在这一高扬斗志、鄙视知足的低耗高效“加法哲学”巧妙导引下，川锅秋藏把自己的聪明才智和俭朴勤勉发挥到了极致，“敢洒热血写春秋，迎来春色满人间”。他不仅百折不挠地冲破了一个个“零”的有形和无形约束，经过“十年磨一剑”的厮杀征战，把自己拥有的出租车增加到一千辆；而且他独具慧眼地抓住了一个个“1”的稍纵即逝绝佳契机，恪守“落后于时代潮流的企业永远不会发展”的创业宗旨，不断改革经营管理模式，全力增强优质服务功能。终于使自己的公司摇身一变为“一览众山小”的日本规模最大、实力最强、服务最优、客源最广、效率最高的出租车“相扑王”。川锅秋藏本人，也由于独创了“打工生财法则”——“加法哲学”这一功效超凡的经营管理绝招，而被世界车坛巨子们尊奉为“环球出租车行业第一忍者”。

放飞手中的气球

人生有涯，精力有限，只有放弃，才能腾出更多时间去创造，从而赢得成功。

◎陈志宏

他的父亲是纽约颇有名气的股票经纪人，母亲是不起眼的店员，一个与数字为伍，一个与文艺结缘。他从父母那儿继承了两份不同的天赋：数学和音乐。

他原本可以过上幸福生活，然而，在四岁那年，父母在吵吵闹闹中终于离了婚。父母离异之后，他随母亲生活，日子过得很清贫，好在他母亲十分疼爱他，在成长路上，还算一帆风顺。她的母亲迷恋音乐，喜欢在绿茵茵的草地上唱歌，并且擅长多种乐器。在母亲的熏陶下，他也喜欢上了音乐，并在幼时暗下决心：长大后一定要当一名职业音乐人。

八岁那年，他随母亲到纽约市郊外一座森林公园游玩，一路上和着母亲的歌，欢天喜地。一到目的地，他和往常一样，抓起几个五颜六色的气球在绿地上奔跑，欢快似出笼的小鸟。

看到气球，他母亲感慨颇深。儿子数学启蒙的道具正是这色彩斑斓的气球。从认十个数开始，便与它们结缘。五岁的时候，他的

逻辑推理能力开始形成，不借助气球能心算三位数的加减法。不过在心算的同时，他手上仍不停地拨弄气球。每个孩子都有自己最喜欢的玩具，他也不例外。气球就是他最贴心的玩具。

他在公园的林间跑哇跑，他母亲在后面边追边哼着小曲。母子嬉戏了一段时间，都感觉有点累，然后，面对面地坐在地上休息。母亲从包里取出一支精致的口琴放在嘴上，左右推移，林间立即回响起悠扬的琴声。

他瞪大眼睛，准备伸手向母亲要口琴，却又舍不得放飞气球。左右为难之际，母亲停了吹奏，朝他不住地发笑。在短短的几秒内，他做出选择，松开手，扑向母亲，索要她手中的口琴。气球在风中飘啊飘，倏地掠过树梢，飞向蓝天。

这一天，他学会了吹奏口琴，悠悠琴声响遍树林，这琴声也在他人生路回响。从此，他懂得了选择。第一次知道该舍弃的应大胆舍弃，该抓住的要毫不犹豫地抓住。打这以后，他真正地走进音乐，并沉迷其间。

在乔治·华盛顿中学毕业后，他考进著名的纽约米利亚音乐学院，可谓如鱼得水。但是，学业尚未过半，他发现自己在这方面很难有长进，对音乐产生厌倦。与此同时，他对数字和经济发生浓厚兴趣。犹豫不决的时候，他想起八岁那年在郊外放飞气球的情景，脑子里总浮现那几只飞向蓝天的气球。

冥冥之中，那几只气球给他暗示，也给他力量，他毅然决然地退了学，进入纽约大学商学院学习，开发自己另一份天赋。1948年，他获得经济学学士学位。两年后，他又以最优秀的成绩获得经济学硕士学位，并到哥伦比亚大学深造。在这里，他遇见人生第一位伟大的良师益友，后来在尼克松政届中出任美国联邦储备委员会主席的亚瑟·博恩斯教授。

由于他家中贫困，无力支付哥大的费用，被迫中途退学。他的学业就这么拖着，这一拖就是近三十年。漫长的人生路上，他铭记气球的教训，放弃了其他的东西，一心一意地关注经济，一刻也不放松对自己钟情的经济学的研究。

功夫不负有心人。1977年，五十一岁的他终于戴上哥伦比亚大学的博士帽。十年后，他被里根总统任命为美国联邦储备委员会主席，成了一位跺跺脚整条华尔街都会地震的重量级人物。

他就是艾伦·格林斯潘。

我们手中总握着许多“气球”，比如名利、财富、权势、地位、爱情等，但是，为了达到我们更远大的目标，充分实现我们的人生价值，必须放飞手中的气球，一心一意去追求。人生有涯，精力有限，只有放弃，才能腾出更多时间去创造，从而赢得成功。

人是不可能被注定的

人的一生是不可能被注定的，人来到了这个世界上，就是为了体验惊喜与激情，同时，跌宕也难免。

◎薛　峰

他从小就是一个苦命的孩子，从十五岁那年起，就开始了半工半读的生活。有一次在茶楼打工，肚子实在太饿了，客人结账离去后，他趁人不注意偷吃了一个客人剩下的叉烧包，谁知被经理看见了，硬说他偷吃的是茶楼的食物。他不承认，经理便恼羞成怒地给了他一个狠狠的耳光。当时他感到一阵眩晕，眼泪立即就流了下来。然后，他被开除了。

“为什么我这么命苦？十二岁时爸妈就离婚不要我了，上学受人欺负，打工也被人冤枉，难道我注定要一辈子这么倒霉吗？……”他跑到住在隔壁的老伯那里痛哭起来。

老伯看了他一会儿，突然笑出了声：“嘿，小鬼头，胡说八道！谁告诉你人是被注定的？要是这样人活着还有什么意思呢？连做百万富翁也没什么意思了。你这个小笨蛋！”说完老伯便去上班了，他虽然是个夜班的保安员，但整天乐呵呵的，生活得有滋有味。

于是，“人是不可能被注定的”这句话被他记住了。

他从小喜欢唱歌，他的梦想就是将来有一天能出一张自己的唱片。为什么我不能为了这个梦想坚持呢？在以后的日子，他开始努力，常常从傍晚唱歌到黎明。

“你的唱腔实在太奇怪了，如果你出了唱片，你希望它能卖多少张呢？”有人不友善地问道。

“三十万张！”他回答。

别人笑起来：“好大的口气！”

后来，“三十万张”成了笑话传开了，凡是见到他的人都取笑他，问他的唱片出得怎么样了。在他们眼里，他想一夜成名想疯了。

但他没有回答，他没有消沉，没有退缩，没有灰心。“人是不可能被注定的”，这话时常在他耳边响起，他相信有一天自己会成功的，一定会改变现状的。那是他一生中最艰难的时期，所有的人都不看好他，他顶着巨大的压力。

后来，他的唱片终于出来了，名字叫《一场游戏一场梦》。唱片一经发行，就马上占据各大金曲排行榜首位。

他叫王杰，被誉为歌坛的“忧郁王子”。

时至今日，《一场游戏一场梦》的销量已经超过了一千八百万张。

沧桑变化，世事无常。他说：“人的一生是不可能被注定的，人来到了这个世界上，就是为了体验惊喜与激情，同时，跌宕也难免。所以，尽一切可能改变自己，丰富自己，享受生活中的各种惊喜，这才是我们来到这个世上的目的！”

化蛹成蝶

“梦想写在沙滩上，目标刻在岩石上。”人生中的每一次转身，都必然会面临脱离已有舒适生活的阵痛。人生需要大格局，从现在开始，管理好自己。尽管开创新的天地是艰难的，然而只有不断经历这种涅槃与重生，才能化蛹成蝶，给生活一个漂亮的转身，给世间一片色彩斑斓的美丽……

梦想·努力·成功

世间最难的道理和智慧往往总是最简单的，
努力然后获得，努力才能收获。

◎文　畅

一个农家孩子，偶尔看到一个人吹口琴，觉得那声音真是好听极了，于是他也想买一个学着吹。

那时候一个口琴要三块多钱。这笔钱，在当时的农村人看来，算得上一笔巨款。他是不可能找父母要到这笔巨款的。他要实现拥有一个口琴的梦想，只有靠自己把那笔巨款挣回来。

他出生在湖北通山，通山山多，柴也多。虽然还在读小学，但打一百斤柴去卖，可以换回八角钱的行情，他是知道的。一个口琴等于五百斤柴，这个账，他也是算得过来的。

他那时候一次只能挑五六十斤柴，但积少成多，在打够五百斤柴之后，他把口琴买回来了。

几年之后，他又有了一个想买一个收音机的梦想。但最便宜的收音机也要二十七块钱。那时候，一百斤柴，已经能卖一块钱了。这个账好算，打两千七百斤柴，就能把收音机买回来。

有了收音机，他的视野，他的知识面，就连许多大人，也是没法跟他比的了。

几年之后，他又产生了想买一把小提琴的梦想。他到县城的商店里去看过，一把小提琴的价钱是八十元。那时一百斤柴已经可以卖到一块三角钱了。

他打了六千多斤柴，买小提琴的梦想也实现了。

他没有成为一个口琴演奏家，也没有成为一个小提琴演奏家，当然，听收音机，也不可能让他成为一个听收音机的专家。

但通过打柴买回口琴、收音机、小提琴的经历，却让他得出了这样一个结论：再大的梦想，都可以用现实里的努力来获得。反过来说，现实里的努力，都是可以拿来实现梦想的。

他没有成为口琴演奏家、小提琴演奏家，却成了通山县颇有名气的作家、硬笔书法家和摄影艺术家。

这个他，就是我在一个笔会上认识的雪雁鸣。“你看，我的肩膀上，至今还可以看出打柴时磨下的伤痕。”他说着，用手扒开衣领让我看。

不用说，他所实现的作家、书法家、摄影家的梦想，也都是他用现实里的种种努力换回的。

天下事有难易乎？为之，则难者亦易矣；不为，则易者亦难矣。世间最难的道理和智慧往往总是最简单的，努力然后获得，努力才能收获，每一个人都明白所有梦想的实现都需要努力，然而，很多人之所以没有实现心中的梦想，就在于多了空想、犹豫，少了努力和坚持。

让自己成长为一颗珍珠

贫穷并不可怕，可怕的是没有梦想，穷人的孩子也有追梦的权利。

◎梁阁亭

1996年8月初，十八岁的李玉刚收到了人生一份重要礼物，他被长春艺术学院戏剧文艺编导专业录取，成为全省二十五名幸运儿之一。苦读十二年，如今得到回报，朴实的他脸上露出憨厚的微笑。但微笑仅仅保持了三秒钟，就凝固在他的脸上。一年光学费就要4500元，这是自己这个农民家庭三年的收入呀！那一刻，他的内心就像打翻了五味瓶，酸甜夹杂。

那天晚上，满怀心事的他没有吃晚饭，坐在自己的小房子里发呆，几许失落，几许惆怅。百无聊赖中，他随手翻开了一本书，看到了一个小故事，一个改变他人生轨迹的小故事。一个年轻人，觉得自己怀才不遇，有位老人听了，随即把一粒沙子扔在沙滩上，说："请把它找回来。""这怎么可能！"年轻人瞪大了双眼。老人微笑着，又把一颗珍珠扔到沙滩上，"那现在呢？如果你只是沙滩中的一粒沙，那你不能苛求别人注意你，认可你。如果要别人认可你，那你就想办法先让自己变成一颗珍珠。"

对呀，如果是珍珠，即使在黑夜也会闪闪发光；条条大道通北京，为什么要抱怨命运不公呢？笑容又回到了他的脸上，他紧握右手，朝自己的内心大喊："加油！"决定逆流而上，勇敢接受人生的困境和挑战。第二天，他烧掉了那张红红的大学录取通知书，揣着十五元车费，登上了前往长春打工的长途汽车。

初到长春，他在一家歌舞餐厅打工。他发现那里演员挣得最多，便开始暗记歌词，偷偷地练习唱歌。练得差不多了，他开始和带团人安冬套近乎："安哥，我也想学唱歌，能不能给我个机会，我啥也不要。""行，客人少时，你可以上去唱，就当练一练。"听李玉刚试唱后，安冬一口答应下来。到李玉刚第一次登台，看到台下那么多观众盯着自己，紧张得直冒热汗，可还是把《新鸳鸯蝴蝶梦》完整地唱了下来。一曲唱罢，有几个观众竟给他送花，还有一位老板一下给了他一百元小费。当晚，他激动得一夜没睡着，打电话把自己登台唱歌的事告诉了母亲。那天晚上，他做了一个梦，梦见自己站在世界著名的悉尼歌剧院的舞台上纵情放歌。醒来后，他在日记本上写下这样一行字：既然能做这样的梦，就有实现的可能，就必须有追梦的信心和脚步。

再练习唱歌时，他对自己要求更严了，力求完美。他根据自己的声色特点，将民歌、舞蹈、京剧有机地融为一体，唱腔高亢嘹亮、甜美悠扬。1998年，他迎来了命运的一次转机。一个朋友从西安打来电话说那边有场子，价钱还不错，他拎起包踏上了西去的列车，继续白天音像店晚上歌舞餐厅的打工生活。1998年的抗洪刚结束，有一首男女对唱的歌曲《为了谁》红遍大江南北，他和一个女歌手搭档演唱。一天，在登台之前，沙袋、舞蹈都已经准备就绪，女歌手突然不见了。老板如热锅上的蚂蚁，李玉刚一咬牙说，我自己来。在所有人的疑虑中，他登台了，这是他的第一次反串尝试，大获成功。

俗话说，艺多不压人。深深懂得这个道理的他拜梅派艺术传人马洪才为师学习梅派京剧艺术，跟著名化妆师毛戈平学习世界一流的化妆技术。静水深流，天道酬勤，命运终会垂青那些有准备的人。2006年，厚积薄发的他参加中央电视台的星光大道比赛，连夺周冠军、月冠军。2006年9月30日，中央电视台2006年星光大道总决赛，二十八岁的他以一曲《贵妃醉酒》，惊艳四座，一举成名。男扮女装李玉刚，天下谁人不识君？

后面的路越来越顺。2007年2月，李玉刚代表中国在澳大利亚悉尼歌剧院举办了个人独唱音乐会，成为继宋祖英2002年之后第二个登上悉尼歌剧院开个人演唱会的中国人。李玉刚以男扮女装的表演再次惊艳了有着三十九年历史的悉尼歌剧院，这座耸立海边像风帆像贝壳又像梦幻的建筑，因李玉刚而更加璀璨夺目，就像李玉刚梦想里的那颗大大的珍珠。舞台上，他一会儿变成古典美女，载歌载舞，妩媚撩人；一会儿又恢复了男儿本色，一身白色西装，潇洒时尚，不仅令自己的同胞，也令金发碧眼的老外们看得入迷，拍红了手……

2010年年底，高中毕业的李玉刚，被中国歌舞剧院作为特殊人才引进。接受采访时，朴实、倔强、执着、“草根”出身的李玉刚眼角湿润：“贫穷并不可怕，可怕的是没有梦想，穷人的孩子也有追梦的权利。只要你坚信自己是一颗珍珠而不是沙子，那么，总有一天梦想会照进现实，终有一天会发出夺目的光彩。”

梦想是什么

如果你定一个高得离谱的目标，就算失败了，那你的失败也在任何人的成功之上。

◎姜钦峰

第一次到北京，刚下火车，他就急着向别人打听：“北京什么地方酒吧比较多？”有人见他风尘仆仆的样子，身上还背着吉他，心里已明白了三分：“小伙子，你应该去后海啊，那地儿酒吧多。”他连忙点头道谢，转过身，心里却直犯嘀咕，没听说过北京还有大海呀。

他在农村长大，父母都是朴实的农民。因为从小喜欢唱歌，初中毕业后，他就开始学弹吉他，渐渐在当地小有名气。音乐就是他的全部，当他全力去追逐梦想时，却被乡亲们看作不务正业。就连父母也反对，都劝他脚踏实地，年纪也不小了，早点成家安心过日子。但是梦想的召唤让他无法平静。终于有一天，他瞒着父母从家里跑出来，到了陌生的北京。

终于找到后海，没见到大海，到处都是酒吧，霓虹灯闪烁，灯红酒绿。仿佛荒漠中的旅行者突然见到绿洲，他无比兴奋，满怀希望，一家一家去问，要不要歌手？无一例外，一张嘴就被拒绝，乡

音太重，没人相信他能唱好歌。走到大半夜，脚抬不动了，得找个地方过夜。从家里出来时，身上只带了几十元钱，别说住店，吃饭都成问题，他抱着吉他在地下人行道里睡了一夜，好在并不孤单，还有个乞丐为伴。

第二天清晨，行人的脚步声把他唤醒，起来继续找工作。幸运的是，一家酒吧答应让他试唱。露宿了两夜，总算找到安身之所。两间平房，中间有条巷，上面搭了个盖，就是一间房。不到两平方米，能容下一张床，进门就上床，伸手就能摸到屋顶。头顶上面是个鸽子窝，鸽子起飞时，飞舞的羽毛从窗外飘进来，绝无半点诗意。虽然简陋，好歹能遮风挡雨，最主要是便宜，才二百元一个月。他告诉房东，我给你一百元，住半个月。身上没钱，即使这一百元，还得赊欠。

不久，他发现，自己并不适合酒吧。为了让更多人分享自己的音乐，他决定放弃酒吧，去街头献唱。选好了地方，第一次去，他连吉他都没敢拿出来，就做了逃兵。脸皮太薄，连续三天都张不开嘴。第四天，他喝了几两白酒壮胆，终于唱出来。清澈的嗓音，伴着悠扬的琴声，仿佛山涧清泉流淌，无数人被他的歌声打动，驻足流连。他的歌声被人传到网上，歌迷越来越多。这个叫阿军的流浪歌手，渐渐为人所知，大家都叫他中关村男孩儿。

梦想似乎更近了，有多少人了解他背后的艰辛。没有稳定的收入，他只能住地下室，没有暖气，冬天跟住冰窖里差不多，为了省电费，只能用冷水洗头。不穿浅色衣服，伙食定量，十块钱大米能吃一个星期，两顿饭一棵大葱，三天一包榨菜。每次家里人打来电话，他总是说在酒吧唱歌，住员工宿舍，整洁卫生还有暖气，大城市条件就是好。他学会了心安理得地说谎，再苦他也不想回家，梦想那么大，只有北京才装得下。

其实，他完全可以不用受这份苦。家里的条件不是太差，有新房子，有深爱他的女朋友，父母都希望他早日成家。他可以像身边的同龄人一样，在老家找一份轻松的工作，安安稳稳地过完一辈子。但是，心里总有一个声音在呼唤，梦想让他无法抗拒。他说：“我还年轻，如果不趁现在出来闯一闯，我一辈子都不得安宁。”

梦想是什么？看不见摸不着，却让人心驰神往，甘愿为之托付青春。有人问英国登山家马洛里，为什么要攀登世界最高峰？他答，因为山在那里。每个人心里都有一座山，有人还在权衡得失，踯躅不前，有人已经上路了，哪怕山高路远，义无反顾。不为别的，至少要证明，自己曾经年轻过。

在城市的角落，还有许许多多像阿军这样的人，步履匆匆，努力追逐梦想，有些人也许会留下，有些人注定是过客。但是没关系，用卡梅隆的话说：“如果你定一个高得离谱的目标，就算失败了，那你的失败也在任何人的成功之上。”梦想，就是等你去实现的东西。

让炫耀的羽毛飞翔

虚荣虽是一根炫耀的羽毛，但只要善于引导它的方向，其内在的动力就会助力我们达到成功的境界。

◎亦　桐

有人问起分众传媒的CEO江南春，是什么让他走上了经商之路，他会笑着说："是虚荣。"

江南春受家庭的熏陶，自幼酷爱文学，这让他上大学后如鱼得水，大一时就任了华东师大著名的夏雨诗社的社长，出版了一本名叫《抒情时代》的个人诗集，成了大学校园里小有名气的青年诗人。和所有这个年龄的青年人一样，青春的萌动使江南春非常渴望得到女生们倾慕的目光，而头上的诗人光环又让他充满自信，哪个女孩子会不喜欢诗人的浪漫与神秘呢？每到周末，他都会衣着光鲜地到学校舞厅去翩翩起舞，期望邂逅一份梦幻般的爱情，然而迎接他的却是失望。每次与女孩子跳舞，当他告诉人家自己是个诗人时，不仅没有收获梦想中的爱慕，反而遭受了意想不到的冷落。一曲终了，想邀请心仪的女孩儿再跳一曲时，基本上都遭到了无情的拒绝。郁闷的江南春开始琢磨起其中的原因。不久，他在学校后门的一个礼品店发现了问题。当时那个礼品店的老板有一辆摩托车。他发现虽然老板长得不怎么帅，但是每次开着摩托车进进出出的时候，都会引来许多女生们羡慕的眼光。通过进一步观察，他发现不只是这个店的老板，就是其他赚了点钱的小老板也一样会俘获女孩子的心。原来此时已不是诗人走俏的20世纪80年代，随着改革开放，钱更能提升一个人的身份，女生们的眼光已经快速实现了转换。

作为个体户的小商贩在女孩子的眼里竟比诗人受欢迎，这让江南春备受打击，但不甘落寞的江南春决定放下诗人的架子，紧跟时代的节拍，去赚钱来增加自己的荣耀。很快，赚钱的机会竟然不期而至。上海电影制片厂属下的上海亚太影视公司来学校招业务员做影视广告策划，从不缺乏创意又有深厚文字功底的江南春大喜过望，这正是适合自己的职业。果然，他的策划方案每每受到客户的赞扬，接的活儿也越来越多，时间不长江南春就有了多达五万元的存款。有了钱的江南春首先花了四万元给自己买了一部摩托罗拉移动电话。在校园里拿着移动电话招摇过市，立刻引来了无数女生艳羡的目光，这让江南春心里倍感惬意。

因追求虚荣而获得的意外成功，也使江南春真正发现了另外的一个自己，原来诗人的幻想和文字表达才能也是一种优势，这种优势能够帮助他迅速实现从诗人到商人的转变，媒体广告恰恰是可供他恣意驰骋的天地。从此他放弃了想讨女生喜欢的虚荣，专心投入广告事业中，多年以后他一手创办的分众传媒成功在美国纳斯达克上市，他一下子成为拥有近两亿美元家资的亿万富翁，谱写了又一个白手起家的创业传奇。

出于炫耀的目的而进行的追求，人们习惯于把它看作一件很虚荣的事， 从而报之以轻视的微笑。但事实上，虚荣虽然不值得提倡，但它所蕴含的能量却不可小觑。对此，英国哲学家培根曾深刻地指出：“虚荣心对军队将士是不可或缺的，就像剑与剑可以相互磨砺一样，虚荣心可以让将士相互激励勇气……至于做学问的名望，如果没有炫耀的羽毛在飞翔的话，它也就难以名扬天下。”江南春的成功让人想起《红楼梦》里的一句诗：“好风凭借力，送我上青云。”虚荣虽是一根炫耀的羽毛，但只要善于引导它的方向，其内在的动力就会助力我们达到成功的境界。

现在就出发

如果你时刻做好准备，敢于现在就出发，会发现梦想的实现并非那么遥不可及；如果你耽于瞻顾和等待，理想就永远是一轮止于仰望的太阳！

◎晓　蓉

安东尼·吉娜是目前纽约百老汇中最年轻、最负盛名的演员之一，她曾在美国著名的脱口秀节目《快乐说》中讲述了她的成功之路。

几年前，安东尼·吉娜还是大学里艺术团的歌剧演员。在毕业宴会上，她向人们表白了自己的梦想——毕业后先去欧洲旅游一年，然后要成为百老汇的一名优秀演员。

次日上午，安东尼·吉娜的心理学老师找到她，问："你旅欧后去百老汇跟毕业后去有什么差别？"她仔细一想："是啊，赴欧洲旅游并不能帮我争取到百老汇的机会。"于是，她决定一个月以后去百老汇闯荡。这时，老师又问她："你现在去跟一个月以后去有什么不同？"她一听有理，便想准备一下，下周就出发。老师却步步紧逼："所有的生活用品在百老汇都能买到，为什么非要等到下星期动身呢？”她终于恍然大悟地说：“好，我明天就去。”老师赞许地点点头，说：“我马上帮你订好明天的机票。”

第二天，安东尼·吉娜就飞赴纽约百老汇。当时，百老汇的制片人正酝酿一部经典剧目，几百名各国演员前去应征主角。她费尽周折，终于从一个化妆师手里拿到了剧本。以后的两天中，她闭门苦读，悄悄演练。初试那天，其他应征者都按常规介绍着自己的表演经历，安东尼·吉娜却要求现场表演那个剧目的念白，最终她以精心的准备出奇制胜。就这样，她顺利地进入了百老汇，穿上了她演艺人生中的第一双红舞鞋。

生活就是这样，每个人都把理想当作太阳，不同的只是，有人期望舒服悠闲地前进，有人却敢于立刻踏进追寻理想的洪流，在逆境中前行，而开启梦想之门的钥匙常常就藏匿在激流暗涌中。如果你时刻做好准备，敢于现在就出发，会发现梦想的实现并非那么遥不可及；如果你耽于瞻顾和等待，理想就永远是一轮止于仰望的太阳！

成功在于管理自己

人都不缺少想法，缺少的是为实现这种想法而严格管理自己的能力。

◎清风慕竹

他最初只是一名中专毕业生，通过多年奋斗成长为商业精英，最终被美国名校沃顿商学院MBA录取。他的经历引起了新东方学校的三驾马车之一、被称为中国人生设计第一人的徐小平的注意。徐小平坦言，使他着迷的，不是他的成功，而是他获得成功的过程。

他叫乔慧存，是一个普通平民家庭的子弟，用他自己的话说智力中等，没有任何足以傲人的资本，是什么助力使他走到成功的镁光灯下？

志向？似乎是必不可少的。十几岁时他去一工程队搬砖挣钱，结果无法忍受每天受到这样的刺激：午饭，包工头儿满嘴流油地吃烧鸡，而他吃的是土豆白菜，在旁边只有闻香味儿、咽口水的份儿。他心里觉得不平等，恨恨地想，自己一天天不该只为了两块四毛八分钱活着。这是一种最原始的冲动，也是一个人获得持久动力的源泉，毕竟一个人的成功都是首先从梦想开始的。但谁又没有梦想呢？有的人的梦想可决不仅仅是吃上烧鸡。

专家们似乎都注意到了这样一个细节，就是他的跑步。刚上中专时，乔慧存和寝室的其他同学都养成了共同的生活习惯，早晨都不吃早饭，8点爬起来直接去上课。有一天他忽然为这种懒散的生活习惯而懊悔，决心改变它。他决定提早两个小时，每天早晨6点起床跑步。可这对年轻人来说并不是一件简单的事，因为东北的冬天多冷啊，零下二十几度，一出被窝冻得要命。第一天起得非常艰难，一屋人都睡着，他咬牙坚持爬了起来。他看了一种理论，说人用三周时间就能改变一种习惯。三周时间也算不上长，他想，坚持吧，事实上只用了四天时间，他就不再有不舒服的感觉，不再需要进行激烈的思想斗争了。这一跑就是四年。

跑步算不得什么稀奇，但四年不间断地坚持跑步，它所展示的却是一个人的自律，那实际上是一种对自我的管理能力。

中专的校长说，“懂技术、能管理，会一门外语，是复合型人才的标志”。复合型人才就成了乔慧存的目标，那就必须学好外语。他写了一篇日记，列举出了学好外语的十点理由。刚开始学外语走的是一条很笨的路子。从中专第二年一直到毕业，每天晚上乔慧存就站在走廊里，用小收音机听大连外国语学院的美国英语讲座，一直听到11点，听完了再去睡觉。乔慧存中专上了四年，几乎没看过电视、没读过小说。琼瑶小说在班上几乎都传遍了，每个人都读，但他愣是一本没碰。要知道那时他还只是一个十几岁的孩子，如何能抵挡得了玩的诱惑？乔慧存后来回忆说：“我的动力和毅力来源于我的梦想——成功。我有成功的欲望，而且非常强烈，越强烈我越想实现它。如果我去看琼瑶小说，我会很内疚，会觉得对不起父母，他们对我有那么多期待，而我却在这里看小说。”

十九岁，乔慧存中专毕业到了当地一家啤酒厂上班，可他的自学并没有结束。工厂的学习环境和气氛很差，大家只喜欢喝酒和赌博。面对身边工友的邀请，乔慧存说：“第一我不会打牌，第二也不会喝酒，就坐门口给大伙儿把门吧。”这样一个看门的角色，使他可以坐门口看他的《新概念英语》。整整五年时间，他把一至四册老老实实看了五遍，反复地折腾。

英语这一学，就坚持了十一年。而恰恰是英语改变了他的命运。

乔慧存不满意工厂的环境，决意先读两年研究生，充实一下自己，然后再做抉择。考研前，他挨个儿去见导师。导师都不愿要他，原因是没录取过中专生，怕他即使考上了也跟不上。但考试时，乔慧存的英语成绩排名第一，复试也是第一。三十三人报考，最后录取了三个人。

考取研究生是乔慧存命运的转折点，这段经历为他打开了发展的空间，他先在中信供职，后又在北京开办了自己的咨询公司。公司的事业发展顺利，甚至在争取一个重要项目中击败了世界知名的M国际咨询公司，这家公司为这单生意整整准备了两年时间。但也正是在和它的交手中，乔慧存感受到了危机，他想不能止步于现有的东西，而应该掌握世界一流的管理思想。他选择了连续八年在全美排名第一的沃顿商学院。当然被录取也不是一件简单的事，它每年只在中国招收二十名学生。退缩不是乔慧存的性格，一次考试不行就两次，两次不行就三次，结果在两年时间里，他光是GMAT就考了六次、雅思三次、托福一次，最终他如愿以偿。

对乔慧存的成功，徐小平评论说，坚忍不拔之志把它变成技术的话，就在于每天早上你一旦决定做什么事儿，就一直做到你要达到的那个最高目标。乔慧存自己则说："我最大的优势就是我的执着，做一件事，一定要做到底，一定要做成功！"

人都不缺少想法，缺少的是为实现这种想法而严格管理自己的能力。一种好习惯的培养需要对自己的管理，一种持之以恒的坚持需要对自己的管理，一种对种种诱惑的拒绝也需要对自己的管理。亚里士多德说，人反复做什么事，他就是什么人。成功就是经年累月、不厌其烦地重复做一件事，没有强烈的自我管理意识和顽强的自律精神，是不可能坚持这种重复的。

管理自己就意味着必须同自己的懒惰、安逸、放纵做斗争，把时间和精力全部集中于目标，唯有如此，一个人才能战胜自己，而战胜了自己，也便战胜了世界。

人生需要大格局

当一个人的视野和心胸都局限在一个小小的领域里的时候，很难想象他能做出什么辉煌的事业。

◎王者归来

那是一个夏日炎炎的午后，有些疲倦的太阳公公打着哈欠继续挂在天空中值班，一只白猫懒散地趴在办公室外的围墙上惬意地享受着阳光，知了声声叫个不停，办公室里的职员们正在一边擦汗一边忙着手头的工作。

他在办公室门口站了几分钟了，好几次鼓起勇气轻轻推了推门，当门轻微地挪动了一下位置之后，他立刻又像触电一样迅速把手收了回来。如此反复了几次，他急出了一身汗，却还是不敢走进去。

就在这个时候，门“吱呀”一声打开了，早就注意到这里有些不对劲儿的主编将门猛然打开，恰好和犹豫了半天的他四目相对。他憋红着脸，用有些颤抖的声音告诉主编，自己是带着漫画作品来投稿的。主编被他过度紧张的样子逗乐了，在这行干了大半辈子了，也算见过不少漫画作者了，可像他一样比女孩儿还腼腆的漫画作者还是第一次碰到。

主编连忙热情地把他迎进了办公室，寒暄了几句之后，他恭恭敬敬地把自己的作品交到了主编的手里，然后紧张地等待着主编的评价。主编在看到画作的一刹那，眼睛忽然亮了一下——这个年轻人的才华和想象力之高超过了主编的预想。很快，主编非常客气地和年轻人就合作的事情达成了共识。

在主编的大力支持下，他的作品很快就在漫画杂志上顺利发表了，他大气磅礴的画风很快被认可，一系列画作发表之后，他在漫画领域也算崭露头角了。

他本来以为这样一直努力下去就会获得成功，可是日本漫画界竞争的激烈程度远远超越了他的想象。在这个人才辈出的领域里，像他一样有才气肯努力的作者有很多，在这么残酷的竞争环境里，能靠画漫画养活自己就算不错了，更别提成功了。

和梦想比起来，吃饭是一件很现实的事情，为了让自己不至于饿肚子，他不停地改变着自己的风格，什么风格的作品流行，什么作品容易赚钱，他就画什么。这样一来，他的温饱倒是解决了，可是在漫画界奋斗了很久之后，离成功似乎还是那么遥远。而且，跟随流行画风进行创作的人有很多，他随时都可能被别人替代。所以要想不饿肚子，他就要像机器一样忙个不停，一刻也不敢懈怠。这样的日子一长，他的身心都感到了前所未有的疲惫。

这一天，知道他情况不太好的主编特意打来了电话，安慰了他半天后，主编忽然说道："你以前的作品充满了侠骨柔情，但现在我从你的漫画里已经看不到当年的你了。我知道现实生活很残酷，但希望你别丢失了你自己。”

和主编通完电话之后，他抱着被子坐在房间里和窗外满天的星星呆呆地对望了一整夜。他忽然发现真正的自己已经丢了，现在的自己只是一个疲于奔命挣扎在温饱线上的可怜的人。这几年来，他的目光仅仅局限在了如何多赚钱以此来保证自己的稳定生活上，为了这个目的，他患得患失经常忧虑，钱不仅没赚多少，内心早已被折磨得千疮百孔了。

当一个人的视野和心胸都局限在一个小小的领域里的时候，很难想象他能做出什么辉煌的事业。这时的他才发现自己这几年来的视野彻底被局限在了狭小的区域里了。

既然错了，也没什么了不得，立刻改正就是了。他一边在心里给自己鼓劲儿，一边着手调整生活。再接到新的漫画任务，他考虑的不仅仅是如何赚钱了，而是如何将漫画画得有灵魂有内涵有思想并且精彩绝伦。他的视野和心胸里承载的再也不仅仅是金钱和虚名了，而是装载了更多对梦想的追逐和对漫画的热爱。以前的他为了能多赚钱，连自己平时的阅读兴趣都放弃了，学习知识的时候搜集那些对赚钱有实际利益却又范围狭窄的信息；而现在的他，更注重的是如何提升自己的品位和内涵，学习的知识领域越来越杂也越来越宽，从而使他变得更加稳重大气。作品往往就是作者的缩影，现在的他画出的作品恢宏大气，让人遐想不断。他知道，这样一来就在很大程度上不能迎合当前的市场了，自己的收入也会大大下降。可是他更知道，只有画出独特的风格，他才能在竞争激烈的漫画界胜出，前途比钱更加重要。

就这样，他在随后的几年里过得非常不如意，由于坚持摸索着自己的创作风格而放弃了很多对跟风作品的投入，他的收入直线下降，甚至一度到了靠泡面度日的窘迫境地。可是时间一长，他的坚持就有了巨大的效果，他在自己最擅长的忍者系列漫画里越来越有名气，后来更是凭借着《火影忍者》迅速走红，成为亚洲顶级的漫画家之一。

他就是《火影忍者》系列漫画的作者岸本齐史，一位缔造了传奇的年轻人，他的奋斗经历，为很多年轻人提供了宝贵的借鉴。

所谓格局，就是指一个人的眼界和心胸。只会盯着树皮里的虫子不放的鸟儿是不可能飞到白云之上的，只有眼里和心中装满了山河天地的雄鹰才能自由自在地在天地之间翱翔！金钱物质固然重要，可是一个心中只装得下饭碗的人也不会有什么出息。人生的格局决定了结局，别去羡慕别人的叱咤风云，要想有所成就，那么现在就先提升你的人生格局吧。

化蛹成蝶

只有学会为梦想转身，才能实现至高的目标。

◎青青子衿

她出身农村，考上了中国政法大学，之后成功留校任教，成为一名令人羡慕的大学教师。在家乡人眼里，这无异于化蛹成蝶，足以光宗耀祖。对她个人而言，这份工作也足够体面和舒适，少有压力又轻松自在。然而，令所有人大跌眼镜的是，仅仅过了一年，她就辞职了。

这倒不是因为她不喜欢教书，而是她突然看到了一片蓝海，那里涌动着她心底的梦想。她从小就喜欢时装，但考上大学之后就放弃了这个念头，因为在她的想象中，做服装的人一定都是学时装设计的，至少是学艺术的，她一个学法学的人不可能做这一行。可是，在一次课题调研中，带学生一口气走了沿海地区十几家服装企业之后，彻底颠覆了她的理念，她发现那些服装企业的老板们连书都没读过，有的连普通话都说不好，但是他们就有勇气去做了，而且那个时候在她的眼里，他们是成功的。

这一偶然事件触动了她的心弦，她想，他们都行，我也能行。

甚至她连服装品牌的名字都想好了——“依文”，“依”即衣服，“文”即文化，她要做有文化内涵的服装。

当她把辞职信交到校长手里时，校长深为惋惜，继而又盛情地挽留：“你可不可以不走，条条大道通罗马，你看在我们学校你将来努力下去的结果是什么，一定会有一个年轻的女副校长，你在这儿很有希望。”她说：“我还是想走，飞机一定比汽车快，您还是让我去感受我自己的世界吧。”

对于她的辞职，最不理解的还是她的父亲。她十四岁时丧母，是父亲含辛茹苦把她养大，供她读书，好不容易端上的铁饭碗，怎么说扔就扔了呢？伤心至极，父亲断绝了与她的联系。

可开弓没有回头箭，她已经没有退路了。为了积累必要的经验，她选择到商场里面当了一名售货员。

从大学教师到售货员，这落差就像从喜马拉雅山一下子到了四川盆地。抢眼的地位没有了，稳定的收入没有了，甚至连住的地方都没有了，那可是每个女孩子都需要的安全底线啊！她舍不得用手里仅有的一点钱去租房子，她把自己的家缩小到一个皮箱，拎来拎去地在同学宿舍串房檐。实在没地方去了，她就到火车站待上一宿。第二天依然和往常一样化好妆，光鲜地去面对新的顾客。

物质上的困顿还不算什么，最令她难堪的是熟人的眼光，她越想逃避，可他们越想靠近她看个仔细。在别人眼中，她成了异类，那种把死刑犯关进单间的孤独，时时侵袭着她的灵魂。此时，她穷得只剩下坚持下去的激情，因为她清楚，这不是她想要的结果。

既然选择了，就要倾情投入。很快，她便沉浸其中。她和每位顾客交朋友，了解他们的身份，倾听他们的感受，为什么买，为什么不买，喜欢穿什么，希望穿什么。男士服装清一色的灰、蓝、黑让人厌倦，这让她发现商机，她决定自己设计，自己生产服装，她要做彩色亮丽的格子休闲西装。

当她拿出所有的积蓄用于订购一批格子面料时，好心的销售经理告诉她："小姑娘，这在中国是卖不了的。"当时她不信，就想豪赌一把，要么火了，要么死了。结果，她火了。仅仅一个平方米，一天一百多件的销量，忙得她连过年都忘了。

大胆的创新带给了她转机，也让她的事业渐入佳境，她由销售别人的服装，到创建自己的品牌；由一个人一条枪，到开始带队伍，从十几个人，几百人，到几千人；由名不见经传，到为2008年奥运会、国庆六十周年这样重大的盛事设计制作服装，到伦敦国际时装周上展示开场秀……

如今，曾经的梦想都变成了现实，而她脚下的路还在无限地伸展。她要把中华民族独特的文化价值作为她的底蕴，她要把她的服装做成世界顶级品牌。她，就是依文集团的董事长夏华。

夏华经常对她的员工说一句话："梦想写在沙滩上，目标刻在岩石上。"只有学会为梦想转身，才能实现至高的目标。虽然每一次转身，都必然会面临脱离已有舒适生活的阵痛，开创崭新天地的艰难，然而只有不断经历这种涅槃与重生，才能化蛹成蝶，给世间一片色彩斑斓的美丽。

梦想是永不言弃的明天

梦想是永不言弃的明天，只要对梦想不离不弃，成功就在明天。

◎李　静

近日，微博上一段7分23秒的动画短片《入学考试》吸引了网友浓厚的兴趣，画面精美逼真，充满了浓厚的中国元素，而且特效动作也制作得完美流畅，短短几天就被转发三万多次。这部动画短片的导演和剧本、美术设计、控片和镜头以及灯光、后期合成、角色特效和剪辑均出自两个人之手，他们是唐伯卿和曾小兰。

唐伯卿从小就对动画片非常痴迷，他不仅喜欢看还喜欢描画片中的人物，他希望有一天能画出一部属于自己的动画片。随着年龄的增长，这个梦想就像一颗种子一样在唐伯卿的心中慢慢生根发芽。

高考后父母为唐伯卿填报了北京大学化学系，打算毕业后送他出国留学，希望他成为一个有所作为的人。唐伯卿很无奈，可他又无法改变父母的安排。离开成都到北京上大学，然而，唐伯卿曾经的梦想依然萦绕在他的脑际。

读大二那年，唐伯卿帮朋友到一家动漫公司取一份动漫设计图。在等待时，电脑里一个个栩栩如生的动漫人物在他眼前跳跃，他心中的梦想在这一刻被点燃了，他突然发现这才是自己梦寐以求的职业。

想到这儿，唐伯卿毫不犹豫地找到公司经理，他凭借着小时候描画动画片中的人物练就的美术功底，顺利地将自己自荐到了这家动漫公司。唐伯卿的大学生活一下子变得忙碌而充实，所有的课余时间他都到动漫公司打工。

在动漫公司打工的日子，唐伯卿如饥似渴地学习着，他的美术技术也日臻完善。大学毕业后，唐伯卿留在了动漫公司，那时他的美术技术已经在动漫圈里小有名气了。2002年，唐伯卿跳槽到深圳知名的香港青蓝动漫公司做场景总监，他在积攒着自身的力量，朝着梦想的方向迈进。

两年后，二十五岁的唐伯卿带着自己多年的创业梦想回到了家乡成都，他要创业的想法和父母对他的期望背道而驰，父母不能理解他所谓的梦想，也拒绝给予他经济上的支持。唐伯卿依靠自己多年打工所得，和女朋友曾小兰维系着这个只有两个人的公司。

随着资金的逐渐积累和一些志同道合的朋友的支持，唐伯卿的团队在逐渐壮大。2008年8月，唐伯卿注册成立了维卡数字娱乐有限公司。在那个如火如荼的奥运年，唐伯卿带领他的团队以北京城的修建和发展为主线，把百姓熟知的民间传说串联起来，创作了一部三维动画片《中国民间传说之北京篇》。

那时唐伯卿的公司已有七十名员工，公司每个月的各项费用支出大约要十二万元，却没产生一分钱的经济效益，他手上的资金已经很难维持公司的正常运营了。2009年8月，二十六集的《中国民间传说之北京篇》创作完成，唐伯卿本想借这个原创动画片让自己的公司赚到第一桶金，然而事与愿违，在几经周折后，唐伯卿不得不解散了自己的团队。

创业的失败并没有浇退唐伯卿的梦想，他和已经成为他妻子的曾小兰把公司能用的电脑搬回到自己的家中。五台电脑让狭小的一居室变得更加“密不透风”，但无论环境如何，都无法改变唐伯卿制作一部成功的中国动画片的梦想。

唐伯卿和曾小兰在家里开始了又一次创业，几经商讨，他们决定讲述三只形态各异的小老鼠想拜入太极鼠大师门下学艺，在偷鸡蛋考试中，三只小老鼠经历了失败之后，悟出了太极的奥妙，通过改变完成了考试的小故事。剧本确定好了，唐伯卿和曾小兰利用那五台电脑，花了十五个月的时间，于2013年6月创作出了这部被他们称为《入学考试》的动画短片。

《入学考试》一经推出，很快刮起了一阵国产动画风。网友们纷纷称赞这部动画短片丝毫不逊色于好莱坞的《疯狂原始人》，甚至可以媲美皮克斯的动画短片。《入学考试》上线一个多月，就在豆瓣网获得了8.2分的好成绩，还入围了中国动漫金龙奖的评选。

这一刻，唐伯卿以一个华丽的转身实现了自己的梦想，他让伴随几代人童年时代的国产动画片再次闪烁出光芒。有人问唐伯卿：“创业失败了，你怎么还能为国产动画片的崛起而默默奋斗？”唐伯卿淡然地说：“梦想就像经历过黑暗的晨曦，只要永不言弃，也许明天就会迎来收获的一刻。”

梦想是永不言弃的明天，只要对梦想不离不弃，成功就在明天。

换一种方式去追求梦想

当我们梦想不能实现想放弃的时候，我们应该想想我们放弃的不应该是梦想，而是努力的方式。

◎郭　龙

在2012年2月份的时候，微博上面的一条消息引起了人们的追捧：腾讯公司一名保安经过多轮面试，最终成为腾讯研究院的一名工程师。这条微博在短短时间里就被转发两万多条，很快这条微博被腾讯CEO马化腾予以证实并转发，而这名保安段小磊也被誉为“2012励志哥”。

保安段小磊只有二十四岁，2011年毕业于洛阳师范学院，拥有计算机和工商管理的双学位。毕业后，段小磊带着成为一个IT工程师的梦想来到了北京。可是让段小磊没有想到的是在北京找一份合适的工作却并不容易，段小磊几经碰壁后，生活陷入了困境。最后段小磊决定找一份上手快的工作先在北京立足，而正好腾讯北京研究院在招保安，于是段小磊就来到腾讯北京研究院成了一名保安。

虽然生活算是暂时安定下来了，可是段小磊并没有放弃自己的理想。在工作之余，段小磊都会拿出有关计算机方面的书坚持学习，他知道自己的理想是成为一名IT工程师。可是在努力学习的时候，他并没有忘记自己的本职工作，而是积极用心做好自己的本职工作，在腾讯北京研究院的门口公告栏里时常可以看到段小磊做的一些温馨提醒，比如“明天会变天，注意加衣服”“今天加班这么晚，回去好好休息”……

很快腾讯北京研究院的员工就都知道了在研究院的保安里有一个特别的保安，而他们也很喜欢和这个保安聊聊天。段小磊并不因为自己是保安而自卑，相反他主动和同事们聊一些有关计算机方面的话题，很快段小磊就熟悉了腾讯研究院的大部分员工。

就在今年1月份的时候，Hidi负责的一个项目急需一批外聘员工，她早就知道段小磊在看计算机的书，就半开玩笑地问他：“你要不要来帮我们做数据标注的外包工作？”这是一份基础性的工作，主要要求熟练操作电脑，并对数据敏感。令Hidi意外的是，几天后的一个下午，段小磊找到她说已经正式辞职，可以来帮她做数据标注工作了。

经过面试，段小磊顺利成为腾讯的外聘员工，负责一些数据整理和数据运营工作。因为工作涉及对腾讯产品进行外部测试，段小磊便利用休息时间四处找朋友和同学体验产品，还一直活跃在他所组织的测试QQ群上。Hidi对其工作非常满意，开始有意识将一些产品方面的工作交给他，以便他能通过接触产品设计为自己将来的职业规划铺好路，同时找机会让他参加一些内部培训。

段小磊成功完成了Hidi交给他的工作，段小磊的工作让Hidi很满意。于是，她建议段小磊去研究院应聘。而段小磊最终经过几轮面试，成为腾讯研究院的一名工程师。

现在段小磊已经是团队里的风云人物，虽然知道他的故事的人越来越多，可是他仍然对自己保持着清醒的认识，知道自己还有很多东西没有学会，还容易犯一些眼高手低的毛病。在段小磊的工位上贴着各种写着工作任务和励志内容的便签条：“多和同事交流，多向前辈请教”“每天浏览行业信息不少于30分钟，每天发一条有创新性的微博，每个月发一篇有深度的博文”，等等。

网友们都称呼段小磊为“励志哥”，段小磊却没有因此而松懈。在他的微博有很多网友向他提问：是什么让他坚持着对梦想的追求？段小磊说道：“因为有梦吧，也许很多人觉得这是个虚无缥缈的词，但是在我心里它却异常清晰，我也有想过放弃，但是放弃的不是梦想，而是放弃现在努力的方式，用另一种方式去追求梦想。”

人人都有梦想，可是并不是每一个梦想都能实现。有的时候当我们梦想不能实现想放弃的时候，我们应该想想我们放弃的不应该是梦想，而是努力的方式，也许这就是“励志哥”段小磊给我们的最好启示。

从餐厅服务员到世行行长

金镛之所以能力挫群雄脱颖而出，得益于他追逐梦想的勇气和踏实肯干的品质。

◎苗　恒

这是一个真实的“美国梦”的故事。1959年他出生于韩国一个普普通通的家庭，父母都是在困难时期从乡下逃到首尔的难民。父亲的牙医身份让他从小就对医学产生了兴趣。五岁时，还是小男孩儿的他坐上轮船漂洋过海，随家人移民美国艾奥瓦州。在这个没有黄种人的地方，他感到异常孤独。这是个风光秀丽的地方，以发达的农业著称，不过每隔几年总会有可恶的龙卷风损毁房屋桥梁农田等，许多人因此丧生。少年的他曾目睹周围邻居被突如其来的风暴卷上天空，有的甚至连尸体也找不到，有的落到地上时早已气绝身亡。幸存的往往会被摔成重伤。自然的暴虐、生命的无常让他开始发下悬壶济世、拯救生命的宏愿。为此，他勤奋苦学，中学时代的每次考试都名列前茅，但是由于高考发挥失常，只考上了布朗大学，获得了文学学士学位，但是他从没有放弃对医学书籍的研读。

本科毕业时，由于经济危机的突然来袭，再加上又没有背景和靠山，他只好到小镇上一家餐厅做服务生，每天端盘子洗碗，在老板、大厨以及顾客的眼色中行事，晚上回家躺在床上不脱衣服就能睡着。在这样忙碌而紧张的情况下，他依然没有忘记充电，没有忘记心中那个医学梦。他觉得凭借自己手中掌握的医学知识很难成为一个合格的大夫。功夫不负有心人，通过焚膏继晷的复习备考，他考上了哈佛大学医学院，最终获得博士学位。

毕业后，他和同学一起创办了“健康伙伴”组织，率先在世界范围内对贫困人口进行预防保健和医疗救助。他曾亲自深入海地、卢旺达等贫穷的国家进行医疗援助，后来以出色的成就担任世界卫生组织艾滋病防治部门负责人、哈佛医学院医学系主任，他深入贫困地区，足迹遍布亚非美等国的城镇乡村。在秘鲁利马，他制定了首个在穷国大规模治疗多重抗药性肺结核的项目；在非洲参与艾滋病治疗项目期间，有五百万非洲人得到了治疗。2012年3月，时任达特茅斯学院院长的他被奥巴马总统提名为世行行长。一个月后，他一举击败其他两位重量级候选人，于2012年7月1日起，担任世行第十二任行长，也是世行自1944年成立以来第一位坐上行长宝座的亚裔人士。他就是金镛。

金镛之所以能力挫群雄脱颖而出，得益于他追逐梦想的勇气和踏实肯干的品质。对父亲工作的耳濡目染，对龙卷风摧残生命的思考，让他树立了悬壶济世的人生目标；在乡村从事最基层的工作，对贫困国家进行的医疗改善，积累了他处理事务的经验。世界银行的使命是扶贫和发展，金镛虽是个门外汉，但是他的经历和成就十分适合这一职位。我们期待他的行长之路走得更远！

给生活一个漂亮的转身

当你在人生的十字路口看不到一丝希望时，要记得给生活一个漂亮的转身，你定会迎来精彩灿烂的人生！

◎钟　芳

他从小喜欢舞蹈。十六岁那年，只身一人来到巴黎，他满怀信心地要在这里实现自己的梦想：做一名出色的舞蹈演员，让全世界的人为他鼓掌喝彩。

然而因为家境贫寒，两手空空，他不得不先找份工作。在找工作的日子里，由于他没有任何特长，几乎跑遍了全巴黎，也没找到挣钱的机会。在走投无路的情况下，他只好去一家缝纫店当学徒工。他苦闷自己的理想无法实现。他认为，与其这样痛苦地活着，还不如早早结束自己的人生。在绝望之时，他突然想起了从小就崇拜的“芭蕾音乐之父”布德里，他决定给布德里写一封信，把自己的苦闷告诉他，并请他能收下他这个学生。

很快，布德里教授回了信。在信里他写道：人生在世，现实与理想总是有一定的距离，在理想与现实生活中人首先要选择生存。学习舞蹈不仅需要良好的天赋，更需要金钱做后盾，如果你的经济条件不是很好，就不要往这条路上挤了，那样会让你痛苦一生的。

虽然布德里教授说得很在理，但他还是无法理解，仍然对前途十分迷茫。

一天夜晚，他独自去了一家酒吧。正当他喝得醉眼迷糊时，一个绅士模样的中年男人偕夫人向他走来，对他说："孩子，你喝多了，快回家去吧，你的父母一定很着急地等你回去。"他不知道这位中年男人是当地一位有名的伯爵，于是很不耐烦地对中年男人说："我没有家，也没有喝多，这与你有关系吗？"

正在此时，伯爵夫人走到他跟前，好奇地打量着他身上的衣服，并摸了摸，然后赞叹地问道："孩子，你这身衣服是从哪里买来的，非常时尚啊。"他答道："这样的衣服还用买吗？是我自己做的。"伯爵夫人很惊讶地说："孩子，如果这衣服真是你设计和裁剪的，我可以肯定地说，过不了多长时间，你就会成为服装界的佼佼者。"伯爵夫人的话让他猛然省悟。回来后，他认真思考，夫人的话说得很有道理，其实最适合自己的事情还是做裁缝，那不仅是自己最擅长的行当，也能解决目前最紧迫的生活问题。就在那一刻，他下定决心，要努力学习缝纫技术，做一名优秀的裁缝，让自己做的衣服以自己的名字命名，然后畅销全世界。

他就是举世闻名的服装设计巨匠皮尔·卡丹。十年后，他很快建立了自己的公司和服装品牌，不但成了令人瞩目的亿万富翁，以他的名字命名的产品也遍及全球。

很显然，皮尔·卡丹的成功来自于对自己优势的发现。美国政治家富兰克林说："宝贝放错了地方就是废物。"当你在人生的十字路口看不到一丝希望时，正确的办法是，要记得给生活一个漂亮的转身，去选择最能够使自己全力以赴的、最能够使自己的长处得以充分发挥的职业。当你转身后，你定会迎来精彩灿烂的人生！

莫迪：卖茶小子的人生逆袭

不管遭受怎样的打击或者变故，依然坚持心中的梦想。

◎刘永宗

20世纪50年代，他出生于古吉拉特邦德瓦拉嘎镇的一户贫寒人家。他的父亲是个小商贩，为了贴补家用，他从小就跟随父亲一起做小生意，经常一起去镇里的火车站附近卖奶茶。

但是这个“卖茶小子”却有着一个非同一般的梦想：他想当总理，他想借此来改变更多贫苦人的命运。但是他的这个梦想却常常遭到很多人的讥笑。

“总理先生，今天的奶茶卖得如何？”

“托您的福，销量还不错！”

这样略带嘲讽的对话他听过太多，却也更坚定了他的梦想。做一个总理，知识面一定要广，所以他广泛涉猎各种书籍，小镇上有个小型图书馆，那里面的书几乎都被他看完了；做一个总理，还需要能言善道，但是他的性格甚至有些内向和腼腆，为了锻炼自己的口才和胆识，他尝试了公开演讲和戏剧表演。在学校的一次文艺演出中，他自编自导了一出话剧《不可接触的人》，节目幽默、深刻，赢得了老师和同学们的满堂喝彩！

课余时间，他决不只是停留在茶摊上。他有自己的安排——出生于印度教家庭的他很早就加入了国民志愿团组织的少年机构，在那里接受体能训练和教义熏陶，这为他一生的价值观和政治理念打下了很好的基础。国民志愿团强调精神和意志，特别是为国家、为他人服务的意识。20世纪60年代，印巴战争爆发，小小的他就懂得主动请缨，积极地为路过的士兵端茶倒水、打扫卫生。他还经常到志愿团驻地，帮助精神导师和讲师们洗衣、扫地、做饭甚至料理他们的生活起居，累活儿脏活儿他都愿意包揽，深得大人们的喜爱。

20世纪70年代，二十岁出头的他终于正式成为国民志愿团的一员，开始从事宣传工作，他的政治生涯由此开始。在风云变幻的印度政坛，他从来没有停止努力。1978年，由于杰出的工作表现，他被志愿团委任为古吉拉特邦一个区的负责人，他作为组织者的才华得到了认可。短短三年之后的1981年，他又成为古吉拉特邦首府艾哈迈达巴德总部的宣传和联络负责人，负责与其他印度教组织和海外印度人的联系。1985年，他受国民志愿团的指派，加入成立不久的印度人民党。经过三年多的锻炼，他于1988年被任命为人民党古吉拉特邦秘书长，正式进入主流政治圈……

不过，他的从政之路也并非总是“连升三级”的一帆风顺，他的杰出表现遭到党内一些人的嫉恨，特别是当时古吉拉特邦首席部长。他被迫辞去秘书长职务，到当地一所普通的中学任职。起初，他有些闷闷不乐。“难道我的人生就这样搁浅吗？不！绝不！我不能让他们看我的笑话！我要做出样子给他们看！”不服输的他决定再次来一场逆袭。

他开始全身心投入教育工作，并且热情接待每一位参观者，积极开展学校与外界的交流活动，这所昔日平凡的小学校，因为他的努力而声名鹊起，吸引了很多媒体前来报道。他的政治才华似乎像锥子藏在口袋里——无法掩盖！总部在新德里的人民党党中央领导看到媒体报道后，赶紧把他调遣回来。1995年11月，他被正式任命为人民党全国秘书长，他的组织和宣传策划能力得到进一步的释放。

2001年10月7日，他被派回古吉拉特邦“救急”，成为第十四任古吉拉特邦首席部长。在随后的十余年中，他充分发挥他的商业智慧，让古吉拉特邦经济增长率在印度各邦中跃居首位，他由此大放异彩，成为印度的政治明星……

从卖茶小子到国家总理，这似乎是遥不可及的距离，然而他实现了，他就是印度新总理纳伦德拉·莫迪。不管遭受怎样的打击或者变故，依然坚持心中的梦想，让我们期待这位草根总理给印度带来新的春天。

轻狂的底气

你出生在怎样的家庭，拥有怎样的物质条件，这些都不重要，重要的是内心有没有强大的愿望和为实现它而努力的决心，来支撑你走好自己的人生之路。

◎林凡瑞

自古少年皆轻狂，林清玄便是一例。

林清玄刚刚八岁的时候，父亲问他长大以后做什么。他不假思索地说，长大以后当作家，写文章给人家看，人家就会把钱寄给你。这个轻狂的少年，终于惹怒了父亲，父亲也是不假思索地给了他狠狠的一巴掌。在他父亲的眼里，那简直是痴人说梦，轻狂呓语，父亲说："如果有那么好的事情，我自己就先去干了，不会轮到你。"父亲没有那个底气，源于没有那个才气，父亲只会拼命劳作，抚养十八个孩子。但林清玄是有那个底气的，他想，将来不当作家誓不为人。

后来的林清玄又轻狂了一回。当他努力读书得了第一名的时候，老师奖励给他一本地图册。他边烧水边看地图册，憧憬着埃及的美好。父亲过来问他在干吗，林清玄说他在看埃及，父亲又是狠

狠地打他一巴掌，踢他一脚，说可以用生命作担保，他一生根本去不了那么远的地方。幼小的心灵受到严重打击的林清玄又狂傲起来，心想，长大以后不去一次埃及誓不为人。

第三次的轻狂是在林清玄读初一的时候，他与七个同学一起在戏院看一部叫作《罗马假日》的美国电影，里面的女主角奥黛丽·赫本，长得俊美无双，气质高雅脱俗。看完电影以后，八个人站在戏院前面，手牵手发誓，长大以后一定要娶一个奥黛丽·赫本做妻子，如果娶不到奥黛丽·赫本就誓不为人。估计这次轻狂的畅想没有被父亲知晓，否则的话，他又要挨巴掌。

轻狂畅想是要有底气的，否则只能是痴心妄想，白日呓语。正如林清玄所说："幸运通常都是给准备好的人，你要做很多准备，很多的努力，受过很多挫折，最后才会有那个幸运……养活自己的梦想。”不难看出，林清玄的三个轻狂畅想，第一个是基础，也是关键；第一个实现了，其他两个便会迎刃而解，很容易梦想成真。也许他早就明白这一点，并朝着这个初级目标奋进着。从那时候开始，林清玄便广泛阅读古今中外经典名著，有的熟读好几遍，还坚持每天练笔，增加底气，储备正能量，小学的时候每天写五百字，中学的时候每天写一千字，大学的时候每天写两千字，毕业后每天写三千字，这样一直不断地为理想而写作，几十年如一日从未放弃。

底气十足的林清玄终于成功了，三十岁拿遍了台湾所有的文学奖项，连续十年荣膺台湾十大畅销书作家榜，四十岁时，已经出版文集近百部。成名之后的他，第一个去的国家便是埃及，当他在埃及金字塔前给远方的父亲写信的时候，眼泪止不住地流下来——是父亲一巴掌把他打成了作家，又一巴掌打到了埃及。成名之后的他，在乡下举办了一个同学会，大家与他一样都带着太太去参加，饭吃到一半，林清玄站起身放眼望去，只有一个人的太太长得像奥黛丽·赫本，那就是他太太。

林清玄的“轻狂畅想”没有一个落空，全部梦想成真，这源于他对自己能力的清醒认识，源于他对备足底气的不懈努力，正如他总结的十二个字：“大其愿，坚其志，虚其心，柔其气。”他说：“一个人年轻时的愿望往往决定他的人生。你出生在怎样的家庭，拥有怎样的物质条件，这些都不重要，重要的是内心有没有强大的愿望和为实现它而努力的决心，来支撑你走好自己的人生之路。”

多坚持一刻的收获

许许多多的成功人士，他们与失败者的区别，往往不是机遇或是更聪明的头脑，只在于成功者多坚持了一刻。

◎孙祥虎

不知是仓颉造字的先知先觉，还是后人聪明的创意，汉字“酒”与“洒”的区别，仅仅在于其中的一小横。人们也难以明白，祖先是怎样从稻米的白、高粱的红、葡萄的紫里发现了酒的透明与清醇的？

传说很久以前，有两个人偶然与酒仙杜康相遇，杜康授他们酿酒之法，叫他们选用秋熟饱满的黑糯米，调和以冰雪初融时高山流泉的碧水，注入深幽无人处千年紫砂土制成的陶瓮，再用初夏第一张看见朝阳的新荷覆紧，密闭七七四十九天，直到凌晨鸡叫三遍后方可启封。

像每一个传说里的英雄一样，他们历尽千辛万苦，找齐了所需的材料，把梦想一起调和密封，然后潜心等待那个时刻。

多么漫长的等待啊，第四十九天到了，两人夜不能寐，等着鸡鸣的声音，远远地，东方微曦，传来了第一声鸡鸣，过了很久，依稀响起了第二声。第三遍鸡叫到底什么时候才会来？其中一个人再也忍不住了，他打开了陶瓮，惊呆了，里面的一汪水像醋一样又黑又酸，大错已经铸成，无可挽回，他失望地把它洒在了地上。

而另外一个人，虽然也是按捺不住想要伸手，却还是咬紧牙关，凝神贯注坚持到了第三遍鸡鸣响彻天空。多么甘甜清澈的美酒啊！只是多坚持了一刻而已。从此，“酒”与“洒”就有了那看似非常普通而简单的一横。

而许许多多的成功人士，他们与失败者的区别，往往不是机遇或是更聪明的头脑，只在于成功者多坚持了一刻。有时是一年，有时是一天，有时，仅仅只是一遍鸡鸣，就收获了快乐的果实。

跟随内心的声音

跟随你的心，你会得到你想要的一切。

◎刘颖倩

刚从北京服装学院毕业的第二年，兰玉就为罗海琼、胡可、董璇、谢娜等明星打造高级定制婚纱，成为家喻户晓的明星设计师。“85后”的兰玉，这位飘着一头瀑布般长发的美女设计师，是如何得到了机会和命运的青睐呢?

五岁那一年，兰玉见到舞台上跳芭蕾的姐姐很美丽，就让妈妈把她送到舞蹈队学习。她十几年来的梦想，就是成为漂亮的舞蹈家。但是，十七岁那一年，一部电影改变了她的想法。张曼玉在《花样年华》里展示出一套套充满女人味的旗袍，让兰玉深爱不已。

同在花样年华的兰玉，央求妈妈把家中的一个小店让给她开店。于是，一家叫作红伊的旗袍店就廾业了。

兰玉每天埋头在布料堆里，面对一群群年轻的女客人，她不仅制作出一袭袭优雅美丽的旗袍，还建立起客户档案，给她们送去鲜花、贺卡。优质的衣服和贴心的服务，让兰玉赢得了第一次创业的尝试。

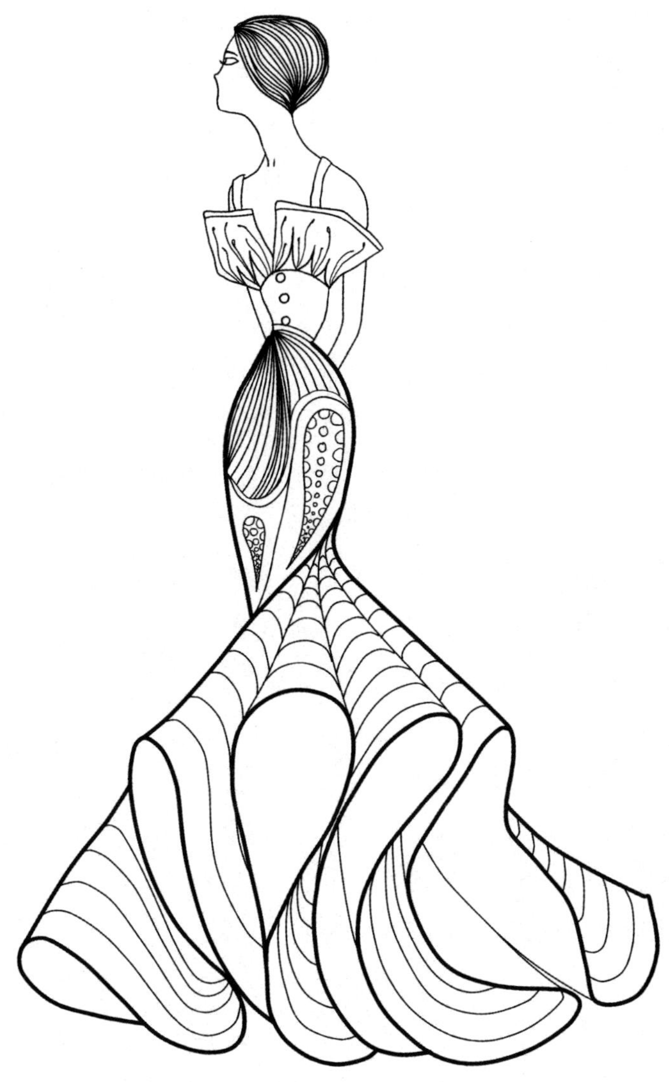

此时，兰玉内心总有一个声音，希望成为一位服装设计师。

她的思想陷入激烈的斗争中：一方面，芭蕾，是苦学多年的成果，真的要放弃吗？另一方面，高考只剩下三个月，她能在这短短的一百天，冲刺成功吗？

兰玉决定听从内心的声音，让青春疯狂一回。

她结束了这家客似云来的小店，进入了美术课堂学习。在第一堂课上，兰玉就有种欲哭无泪的感觉。老师让大家画头像，同学们马上动笔刷刷地画了，而兰玉却不知所措，只是画了一个圈，两根眉毛。她内心在悲伤，可怜的梦想怎么办呢？

兰玉下定决心，每天都花费大量的时间来进行练习，夜里只睡两个小时，突击每一项要考试的技能。三个月后，她收获了人生最大的惊喜，考入了北京服装学院。

考试的成功，让兰玉更加坚信自己就是做这一行的料。大一开始，她就每天都帮别人画图，一张80元到100元，一年下来就攒了四千元。她用这笔钱开了一家“兰玉工作室”。

大学四年，兰玉没有谈恋爱，没有玩游戏，常常熬几个夜晚不睡觉，给衣服串珠子。为了学得更多更快，她还躺在校门口的裁缝店的案板上睡觉。四年下来，她竟然做了两千多套衣服，按照时间来计算，多的时候一天三四件，少则三四天做成一件。

大学刚毕业，从纽约留学归来的兰玉就在北京开了一家高级婚纱礼服定制店和一家高级成衣定制店。机缘际会之下，兰玉认识了很多明星朋友，还为她们定做了一生一次的结婚礼服。天马行空的兰玉，让罗海琼成为飘逸灵动的水仙子，让胡可化身圣洁优雅的马蹄莲，让董璇被“心动云璇”的唯美拥抱，让谢娜成为活泼可爱的蓝精灵。美丽的礼服，让婚礼达到了最高潮。

如今，兰玉还为女明星们打造红地毯礼服，黄圣依在威尼斯电影节亮相的“天珠装”震撼全场；张梓琳戛纳电影节“深V透视蕾丝装”让她蜚声中外；此外，张雨绮、邓萃雯、杨幂、刘诗诗等一线明星也纷纷到兰玉的私家衣橱里选择最美丽的服装。

要是十七岁那一年，兰玉没有听从内心的声音，也许就会跟这一切错过。

听说，李开复和乔布斯都喜欢说一句话：follow your heart（跟随你的心）。

那么，兰玉则是用行动去证实了这句话，跟随你的心，你会得到你想要的一切。

梦想在退一步中绽放

在前进攀登的途中后退一步，寻找个避风港休憩一下，不但不会影响成功的进程，反而会加速登峰成功的速度。

◎石亚明

北京剧角映画文化传媒有限公司在包装电影《让子弹飞》社会化的过程中，不仅获得了良好的社会效应，还获得了天星资本六千万B轮融资，并使天星资本总裁王俊也加入剧角映画董事会。这让剧角映画的创始人兼CEO的梁巍再次成为人们关注的焦点。

2007年大学毕业后，心怀导演梦的梁巍在北京飘荡了三年。

来到北京，他就直奔北影厂，想在那儿结识个导演，以开启自己的导演梦之门。可在这混了很长时间他发现在这里根本就碰不上导演。一晃，半年时间过去了，身上带的钱快花光了。没办法，他也加入了群众演员的候选队伍，并幸运地被选中参加了《谍影重重》的拍摄。在拍摄现场，梁巍被群众演员们淹没了，根本就无法走近导演当面请教。

他脑筋一转，与北影厂的看门大爷套起近乎儿来，他对大爷说起了自己的导演梦，大爷听后问："你在北京有亲戚吗？"才走出校园不久憨厚朴实的梁巍只得老实地摇摇头。大爷告诉梁巍："孩子，现在在北京的导演比阴沟里的老鼠还要多，你没有亲戚能帮你找一下熟人，也没有钱让自己打进这个圈子，不好弄啊。"

大爷出自好意的提醒并没有让梁巍放弃自己的导演梦，梁巍在心中暗想：或许这就是"天将降大任于斯人也，必先苦其心志，劳其筋骨"的磨炼吧，"机遇只偏爱有准备的头脑"，现在一个优秀的导演需要有综合知识，我何不趁现在这段时间来苦读理论，为今后真正走上导演之路做准备呢。

于是，梁巍每天只是买最便宜的馒头和咸菜就着白水吃，省下钱来到北京电影学院买导演系所有的教科书，把自己关在屋子里，仿佛高考前冲刺般地苦读起来。

梁巍这样痴痴地坚持了很久，他默默地努力着，可依然无缘与导演相逢。

一天，电影学院组织学生去礼堂观摩京剧《将相和》，梁巍也随着学生进了礼堂。以前他只听说过这戏，但对剧情并不了解，而这次观摩不仅让他知道了，蔺相如通过适当的让步，以求反弹的机会，从而使国家无恙的故事，也让梁巍深深地陷入沉思。

梁巍看完戏回来躺在床上想，蔺相如通过适当的让步，以求维护国家利益，并获得成功的故事是不是也可以给自己带来启示呢？我当初因为想做导演从家乡来到北京，闯荡了几年，到现在，别说是实现梦想成为真正的导演，就是连导演的面都没见上呀。我是因喜欢电影，而心怀导演梦来到北京的，历经一段曲折后，实现导演梦的机会更加渺茫。那么，我可不可以还是以电影为载体，继续去寻找新的服务电影事业的领域呢？

想到这儿，受过高等教育，对计算机比较精通的梁巍不由得想到相声讽刺电视剧广告过多的话：在广告中间穿插电视剧。他不由得想，其实，这些产品借助电视剧来做广告宣传自己，而电视剧本身不也是一种产品，也是需要宣传的吗？电视剧如此，电影也一样啊。干脆，我做不成导演，就宣传电影吧，或许也和蔺相如一样因为善于退一步而获得新的成功了。

想到此，他来到北京市团委申请了大学生创业基金，开办了文化传媒有限公司。在短短的三年时间里剧角映画立足于对互联网视频广告的深刻理解，为厂商打造最符合其商业目的的互联网视频广告。梁巍迅速地如滚雪球般将公司资金运营到三亿元人民币。

北京剧角映画文化传媒有限公司的快速发展引起了创业者媒体的注意。

当记者在了解到梁巍最初的导演梦后采访他为何要放弃自己的导演梦而选择电影营销时，梁巍的脸上露出他具有代表性的微笑说：“当初我是为了实现自己心中的导演梦来到北京的，可在北京磕磕绊绊地践行了一段时间后，我发现自己为了追求成功是在一直向前冲冲冲，其实呢？有的时候，退一步也会有机会。”

梁巍的创业经历告诉我们，创业，追求成功仿佛是攀登珠穆朗玛峰，在前进攀登的途中后退一步，寻找个避风港休憩一下，不但不会影响成功的进程，反而会加速登峰成功的速度。

什么时候开始都不晚

只要你想成为一个有价值的人，什么时候开始都不晚。

◎周　礼

我常听一些人抱怨："算了，不想再努力了，都一大把年纪了。""这辈子没什么希望了，就这么凑合着过吧。"其实，说这些话的人并不老，他们大多在四十岁左右，年富力强，精力充沛，只是他们遭遇了太多的失败、太多的打击，以致灰心丧气，得过且过。

当一个人错过了黄金学习时期，错过了黄金创业阶段，就真的没有成功的希望了吗？事实并非如此，只要你想上进，什么时候开始都不晚。

安娜·麦阿利·莫泽斯出生于美国纽约州一个农民家庭。二十七岁那年，她嫁给了个农场里的雇工，先后生育了十一个孩子。从此，她将生命的大部分时光都消耗在了孩子身上，成了一个名副其实的家庭主妇。为了照顾家人，她牺牲了自己的青春年华，牺牲了自己的兴趣爱好，牺牲了自己想要追求的生活。数十年来，她几乎没有出过门，一直默默地坚守着，洗衣，做饭，干农活……

时间一晃就是四十年，此时的莫泽斯已不再年轻，她已是一个67岁的老太婆了。而这一年，她的丈夫又被马踢伤，不治身亡，她不得不和小儿子一家人生活在一起。

失去经济来源的莫泽斯成了儿媳妇的眼中钉，尤其是她患上风湿症，丧失劳动能力后，儿媳妇变本加厉，恨不得将她扫地出门。看着儿媳妇阴沉的脸，莫泽斯决心自食其力，她勇敢地拿起了画笔。做一名画家，一直是莫泽斯的梦想，只是年轻时被贫穷所困，中年时又被孩子和家务缠身，直到七十岁，她才心无旁骛，无所牵绊，可以安安心心地画几幅画了。

没有画笔，她就用刷漆的板刷代替；没有画布，她就在门廊和厨房的地板上画；没有素材，她就到田野里、山坡上去寻找。经过五年的刻苦努力，莫泽斯终于创作出第一幅作品《农场·秋》。这幅作品一问世，就受到人们的广泛关注，并被托马斯·德拉格斯特亚收藏，摆放在商品陈列窗内。随后，“莫泽斯老奶奶画家”的名号传遍了纽约，她的作品被刊载在各大报纸杂志上。不久，莫泽斯的作品流传到法国，罗浮宫近代美术馆出资一百万美元，收购了她的一幅作品。而在普希金美术馆举办莫泽斯的作品展时，排队参观的人竟然高达十一万。

在一百零二岁以前，乔治·道森一直是一个默默无闻的人，直到九十岁时他才猛然意识到自己的这一生都虚度了，似乎应该在这个世界上留下点儿什么。于是，他进了扫盲班，开始学识字，学文化知识。后来他爱上了写作，并孜孜不倦地朝着这个方向前进，终于在他一百零二岁那年，完成了自己的处女作《索古德的一生》。

这本书刚刚上市，就引起了巨大的轰动，成为美国当时最畅销的书之一，乔治·道森也一下子从一个名不见经传的小人物，荣升为一个人们喜闻乐见的大作家。

一个人的命运完全掌握在自己手中。你想成为一个什么样的人，想过什么样的生活，改与不改，什么时候改变，都完全取决于你自己。只要你想成为一个有价值的人，什么时候开始都不晚。

成功的捷径就在你身边

捷径就在你的身边，那就是勤于积累、脚踏实地。

◎冰　子

很久以前，泰国有个叫奈哈松的人，一心想成为大富翁。他觉得成为富翁的捷径便是学会炼金之术，于是他把全部的时间、金钱和精力，都用在炼金术的实验中了。三年后他花光了自己的全部积蓄，家中变得一贫如洗，连饭都吃不上了。

无奈之余，奈哈松的妻子跑到父母那里诉苦。她父母决定帮女婿改掉恶习，便让奈哈松前来相见，对他说："我们已经掌握了炼金之术，只是现在还缺少一样炼金的东西……"

"快告诉我，还缺少什么？"奈哈松急切地问道。

"那好吧，我们可以让你知道这个秘密。我们需要三公斤从香蕉叶下搜集起来的白色茸毛，这些茸毛必须是你自己种的香蕉树上的。等到收齐茸毛后，我们便告诉你炼金的方法。"

奈哈松回家后立刻将已荒废多年的田地种上了香蕉。为了尽快凑齐茸毛，他除了种自家以前就有的田地外，还开垦了大量的荒地。当香蕉成熟后，他便小心翼翼地从每张香蕉叶下收刮白茸毛，而他的妻子和儿女则抬着一串串香蕉到市场上去卖。就这样，十年过去了，奈哈松终于收集够了三公斤茸毛。这天，他一脸兴奋地拿着茸毛来到岳父母的家里，向岳父母讨要炼金之术。

岳父母指着院中的一间房子说："去把那边的房门打开看看。"

奈哈松打开那扇门，立即看到满屋金光，竟然全是黄金，她的妻子儿女都站在屋中。妻子告诉他，这些金子都是他这十年里所种的香蕉换来的。面对着满屋实实在在的黄金，奈哈松恍然大悟，从此努力劳作，终于成了远近闻名的富翁。

现实生活中，人人都有梦想，都渴望成功，都想找到一条成功的捷径。其实捷径就在你的身边，那就是勤于积累、脚踏实地。

陈晓卿的慢与不慢

慢是一种持守，是一种专注，是一种信心，是一种定力，是一份沉浸其中的心气，是一个生活体验越来越深刻的过程。

◎段奇清

《舌尖上的中国》导演陈晓卿有两种境界，“风初定，丝纶慢整，牵动一潭星”便是他的一种境界。这些年来，他慢吞吞“拉动网纲”，牵动了当今影视界的“一潭星星”，在世界上产生很大的影响。

2014年4月15日，纪录片《舌尖上的中国Ⅱ》首映式当日，陈晓卿在朋友圈写下：“一粥一饭，当思来之不易；一饮一啄，饱蘸酸辣苦甜。舌尖，好久不见。”纪录片以一张张餐桌见证生命的诞生、成长、相聚、别离，通过美食，使世界有滋有味地认知古老的东方国度。

陈晓卿1965年生于安徽灵璧，五官端正，一张黝黑的圆脸，个子高高的。尽管走路时步子很大，但速度并不明显，给人的是一种“慢”的感觉。其实，他做事还真的慢。

早在2002年，陈晓卿就曾前后三次申报过《舌尖》项目，当时台里总是答复：“题材好，但是没钱，等着。”可这一等就是十年，直到2011年央视九套纪录频道成立，这个选题才得到台里四百五十万元的重点投资。

而就是在这等待中，陈晓卿成了北京有名的吃货。他喜欢被人叫作“扫街嘴”，只要有一点儿闲暇，他就会骑着一辆破旧自行车，在北京的大街小巷一家一家地毯式地搜馆子，见到好吃的就记录下来。中国有一句话，“不怕慢，只怕站。”十年下来，在他手机里竟然储存了五千六百个饭馆的名字和路线，还有哪一家哪一个服务员态度好，哪一家哪样食材多煮几分钟味道会更好……

慢是一种持守，是一种专注，是一种信心，是一种定力，是一份沉浸其中的心气，是一个生活体验越来越深刻的过程。而正是有了这份心气，遇事无论是好是坏他都没脾气。

2000年11月，央视《纪录片》栏目诞生，此是《见证》栏目的前身，陈晓卿曾任《见证》制片人。2003年底开始，《见证》被安排在后半夜播出，栏目编导张小幺曾哀怨地写道：《见证》播出时间是夜里，在大家睡了之后首播，大家还没睡醒的时候，重播也结束了。没有广告，纯粹的纪录片。甲说：“那个时间连鸟都不拉屎了。”乙说：“干脆改名叫见鬼。”陈晓卿的儿子因为在电视上见不到爸爸，对老爸同事的玩笑坚信不疑：“爸爸就是‘电视台看大门的’。”而恰恰是这种没脾气的“看大门”的日子，让陈晓卿有了超凡脱俗的“舌尖功夫”。

在拍摄中，陈晓卿也是慢工出细活。四十万公里行程、四百个调研地点、一百五十个拍摄地、一千小时高清素材，历时一年的跋山涉水和风餐露宿……他都是“慢慢打理”。影片里出现的三百多种美食，哪怕它只有一闪而过的镜头，在被选中之前，都要几经考量。如摄制组本打算在千岛湖拍摄螺蛳，因为其品质优于一般地方。工作人员已经从养殖环境、打捞情况到去尾环节，看了一次又一次。后来有人建议再去看看“个头儿小，味道略苦，清凉解毒”即更有特点的开化青蛳。当陈晓卿去了一趟开化后，就决定舍掉千岛湖螺蛳。“开化青蛳完全是在干净的溪沟里自然生长的！”陈晓卿就是这样特别重视食物的生长环境。

“屈己者能处众，谦虚者能处身”是陈晓卿的另一种境界：“不慢”——低调谦虚，不傲慢，不怠慢。

《舌尖上的中国Ⅱ》投资1000万元，未开机便获得总数8931万元的冠名费用，开播十天后整个回报是投入的二十倍，即高达两亿元。

而且影片已进入国际市场，进入国际主流的电视台进行播出，有更多国际上的观众能够通过主流平台的黄金时段看到中国，解读中国。然而，在不凡成绩面前，陈晓卿依然那么低调。

2013年5月，《舌尖上的中国Ⅰ》第一集播出当晚，陈晓卿在新浪微博上放出海报，轻描淡写地推荐：“今晚没事都看看吧。不难看，真的。”《舌尖上的中国Ⅱ》播出后，陈晓卿接受采访，高频词是“没有”——“没有，我对所有的美食都不怎么懂。”“真的没有什么心得……”这种谦卑与他的付出和片子取得的成功无法成正比。

无论是慢生活，还是在生活中“不傲慢”，都是一种从容不迫、摒弃心浮气躁，有信心、有定力的生活态度，因而也就能拉动人生的一潭星星为自己增光添彩……

乔布斯：从弃婴到天才

成功属于锲而不舍的人，把你喜欢的事情
坚持做下去，你才会有成功的可能。

◎杨兴文

史蒂夫·乔布斯1955年2月24日出生于美国旧金山，由于他的母亲是未婚先孕，因而在他出生后不久，母亲就把他托付给旧金山的保罗·乔布斯和克拉拉·乔布斯夫妇收养。

乔布斯三岁时就形成比较活泼的性格，似乎他天生就喜欢搞恶作剧，每天清早只要天刚蒙蒙亮，他就会起来乱七八糟地捣乱。乔布斯那双特别好动的手，只要他醒着的时候总是闲不住，养父母知道这属于多动症，也就没有严格约束他，而是任凭他自由玩耍。

收养乔布斯时，保罗和克拉拉向他的母亲承诺，他们保证培养乔布斯上大学。因此，为了让乔布斯有更好的学习环境，在儿子读书的岁月，他们曾经带着他两次搬家。

乔布斯十岁那年，养父母领着他把家从旧金山搬到加利福尼亚州的芒廷维尤，离他家不远之处的帕洛阿尔托，有许多欣欣向荣的电子公司，其工程师都住在帕洛阿尔托。有的工程师每逢周末会到自家车库里做维修工作，乔布斯往往会跑到那里去看工程师修理东西，或者帮助他们做力所能及的事。

多次接触以后，电子公司的工程师十分喜欢乐于助人的乔布斯，他们不是主动给他讲电子学方面的知识，就是特意教他玩简单的网络游戏。在工程师的影响下，乔布斯对电子学方面的兴趣日益凸显，各种小型电子产品深深地吸引着他，在他稚嫩的心灵中充满着无限魅力。

“将来你会开发出更多的电子产品。”工程师对乔布斯说。

“怎么开发？”

“在开发电子产品前，首先需要好好读书。”工程师的话给乔布斯带来很大的力量，让他比以前更加刻苦地学习。

“我真希望你能完成这些作业，如果你能完成我就给你五美元。”上小学四年级的时候，乔布斯的老师伊莫金·特迪·希尔对他的影响非常深刻。希尔教四年级提高班的课程，在了解清楚乔布斯的情况后，她用奖励的办法刺激乔布斯内心的学习热情，极力敦促他勤奋学习。

虽然希尔想让乔布斯跳过五年级直接进入初中，但是乔布斯的养父母没有同意这样做，而是提前让他进入克里滕登中学。可惜克里滕登中学的做法很简单，他们并没有针对优等生做出什么特别的安排，只是让他们与年龄稍大的学生共同学习而已。

更加令乔布斯不满意的是，克里滕登中学的条件十分差，在培养学生的才能和特长方面，居然还没有走上正轨。每当学生发生斗殴事件，往往需要请当地的警察来制止，并且芒廷维尤还有不少喜欢惹是生非的地痞流氓，经常会来克里滕登中学无理取闹。

在克里滕登中学这种混乱的环境中，乔布斯心中的自由精神与他超凡出众的智力水平，根本没有施展和提升的机会。感到深受挫折的乔布斯，逐渐变得郁郁寡欢。这种情况也促使乔布斯产生新的想法，他准备离开克里滕登中学，去其他地方寻找理想的学校。

乔布斯将自己的打算告诉养父母，并以充足的理由说服他们搬家。知道克里滕登中学的详细情况后，保罗与克拉拉认为，如果不早点离开这个混乱的学校，也许儿子将会变成麻烦的不良少年。于是，经过反复商量后他们确定，准备把家从芒廷维尤搬到加利福尼亚州的洛斯阿尔托斯。

自从美国的宇宙飞船登月计划实施以来，洛斯阿尔托斯聚集着许多科技工作者，不少电子工程师与他们的家人都住在洛斯阿尔托斯及其周围的库比提诺和桑尼维尔。在这个精英密集的地方，乔布斯随时都能向学识渊博、态度和蔼的科技人员请教各种问题，也可以去捡废弃不用的电子元器件。每天放学后他就把这些元器件拆开来仔细查看，认真分析它们是怎么样构成的，各个零件到底有什么作用。

与杂乱不堪的芒廷维尤相比，洛斯阿尔托斯简直就是天堂，这两个地方留给乔布斯的印象，有非常明显的不同。搬家到洛斯阿尔托斯后，乔布斯开始设计频率计数器，这个装置可以用来跟踪电路中的固定电子频率。当乔布斯发现还需要其他元器件时，只要打电话给惠普公司的创办人兼总裁比尔·休利特，他就会得到休利特馈赠的元器件。

乔布斯费尽不少周折把频率计数器设计成功后，休利特真诚地聘请他去惠普工作，让他在装配线上装配频率计数器，因而乔布斯水到渠成地走上勤工俭学的道路，他在这条路上匆匆地向前迈进。

高中毕业后，乔布斯去里德学院读书，这所学校是他最想去的大学。大学位于太平洋沿岸俄勒冈州波特兰市，以善于培养出类拔萃的人才而著称。在里德学院读书期间，乔布斯用来学习的时间很少，他的精力主要用于设计各种机械装置，以便提高自己的实际操作能力。

在这个世界上乔布斯最喜欢的就是电子学，他努力地实现着自己的目标观。经过多年持之以恒的学习、研究、设计与开发，乔布斯终于成为改变世界的电脑天才，为人类的科技事业做出不可磨灭的贡献。

回忆往事时，乔布斯说："只有爱你所做的，你才能成就伟大的事业。如果你没有找到自己所爱的，那么继续找，不要停下来。成功属于锲而不舍的人，把你喜欢的事情坚持做下去，你才会有成功的可能。"

理想：生命尊严的旗帜

他们在人生最为关键的时候，为自己、为家人，树起了一面理想的大旗，这面旗帜写着梦想、拼搏、成功与责任。

◎仲达明

又到一年高考时，教室里照例开始了倒计时：距离高考仅有五十八天！感叹号，一个大大的红色感叹号，像一把正在滴血的剑，悬在前黑板的边上，警示着我那些早已疲惫不堪的学生。

我在早辅导的课堂上来回巡视着，满耳是学生声嘶力竭的与时间厮杀搏斗的声音。

忽然，我被教室南墙上的一张红纸吸引了过去。走近一看，原来是第三次市统测之后，班主任张老师公布的全班同学理想中的大学一览表，全班同学只有一个人没有填，其余的所有人学号及人名后面都对应一到两所大学。

我的热情一下子被面前这张红色的表格点燃，眼泪几乎在那一刻夺眶而出。

我首先想到我自己。

是的，我也曾经有过如此为理想打拼的岁月。多少回深黑的夜里，我的书本从手里滑落地面，多少回我又把它捡起继续阅读，多少回在夜阑人静时分我掩面而泣……多少回我在那条无人的村路上从日出走到正午……而现在，我这么多的学生正处在人生的关键时刻，像我当年一样为理想冲刺着。此时，他们是优秀的，不论面前摆着的这个机会是否公平是否合理，他们为了把握住这次机会正在拼却全部精力。他们带血的誓词就在我的面前，他们冲天的呐喊正在我的耳畔。

刘艳红，我的语文课代表，积累本记得最多的同学，班上成绩一直在前十名的她为什么没有填？她的理想过高，怕填出来被人笑话？班上不是还有填南京大学的吗？因为羞涩，还是其他的原因——不想把自己的理想告诉别人——只想一个人拥有自己珍藏的秘密？梁刚，这个基础不是太好的同学不是也填了理想的院校吗？——上海财校。这个学校是否在他的心里一次又一次地被擦亮，是否在他的梦境中反复出现？记得他的父亲每次来，都拖着那条残腿，看完孩子总会到我们办公室坐一坐，感慨现在的孩子吃苦精神不够，接着自豪地说起自己曾经为了一次考试两个月没有出过卧室，结果胡子变成了野草。等他出来，邻居们没有一个人认出他来。听到这里，我们不由暗暗佩服他，难怪他今天也有一份不错的工作。但他并不知道，他的儿子也有让他骄傲的一面，他写得的日记是班上写得最好的。虽然他的成绩不是最好，但他的理想同样值得每一个人为他骄傲。那个在高一时迷恋上网，曾经用大头针把手面刺破谎称在外挂水的刘小虎，此时也不再晕头晕脑了，也赫然填了一个职业大学。我向他望过去，那大声地、不是背而是喊着课本上内容的他，那种忘掉一切的境界现在看起来着实感人，谁还会相信这就是当年那个“网上游侠”？范婷婷，对，她母亲曾在她十八岁生日那一天来学校为她点一首名叫《勇气》的歌，她感动得泪流满面，接下来成绩有很大提高，她的理想是什么呢？我找到她对应的学号，在她的名字后面有着四个大字：苏州大学。我心里又是一动，我猜想她在写这几个字的时候是否也像我当年一样，内心充满着激动与紧张呢？

…………

我一行一行地向下看着，内心一阵阵感动，在这张红色的表格面前，他们每个人都因为自己的理想而高尚，都值得我们深深地尊重，他们过去的种种错误，此时都化作过眼云烟了无痕迹。我相信，崇高的理想是一面不倒的旗帜，而为理想奋斗的精神，则是把旗帜举起的坚韧的竹竿。我不怀疑他们每个人的理想，我甚至相信他们每个人都能实现他们的理想，因为，他们在人生最为关键的时候，为自己、为家人，树起了一面理想的大旗，这面旗帜写着梦想、拼搏、成功与责任。

这一群即将出征的勇士让我骄傲，我在思考，我拿什么才配给他们壮行。

像蜗牛一样坚持

蜗牛在向上爬时，如果掉了下来，它会义
无反顾地重新开始，不管速度有多慢。

◎红豆粥

不久前，58同城的CEO姚劲波做了一个令人振奋的决定——收购中华英才网旗下的赶集网。采取这项举措的原因有多种，既是公司的大战略方针，也是姚劲波的个人意愿。但其实熟知姚劲波的人都知道，能收购成功与姚劲波的坚持有着莫大的关系。

1999年，姚劲波从中国海洋大学毕业。当周围同学们仗着自己的高学历对工作挑三拣四时，姚劲波却“草率”地选了一份待遇较低的工作，他觉得这个岗位能让自己的才能得到发挥。他的举动引来了周围所有人的不解和嘲笑。几年后，别人还忙着跳槽时，姚劲波在工作中已经做得有声有色了。这样看来他的坚持是对的，那些曾经嘲笑他的人也渐渐收起了他们的声音。当人们认为姚劲波会继续在这个岗位稳定地做下去时，姚劲波再次做出了令人瞠目结舌的举动，他辞掉了在人们看起来很不错的工作，揣着这几年的积蓄，开始了创业。

刚开始创业时，艰苦超乎姚劲波的想象。周围各种对他质疑的声音暂且不说，就连他的父母也强烈地表示反对，为此一天打了几十个电话让姚劲波回到工作岗位上。最后见说不动，也就不说了，但他想要得到父母的支持是绝无可能。

父母的反对是一方面，最主要的是资金问题。尽管在辞职前创业的计划和框架都已经想好了，可真正运作的时候才发现开支远远超出了他的预期，为此他不得不向朋友借钱。但钱没借到不说，反而得到了各种各样的嘲笑。

资金问题好不容易解决了，创业的团队又出了问题。刚开始的时候姚劲波召集到了二十多个人和自己做网站项目，但由于对待遇不满，以及认为“草根”团队没有前途，大部分有能力的人都走了。到最后团队只剩下六七个人，以至于姚劲波经常一个人做数个人的工作。

“那段日子现在回想起来都让我感到窒息，早上起床的时候总盼望要是一直睡不醒该多好。”如果有人问到那段时光，姚劲波会苦笑着这么回答。但即使姚劲波把那段时光描述得像“地狱”一样，但他就是在那种像“地狱”一样的时光中狠狠地坚持了下来。

因为姚劲波的坚持，最早期的创业“活命”期终于有惊无险地度过了，经营模式也渐渐走上正轨。在当时，与姚劲波一样做租房网站的人特别多，但往往都是探一下头就不见了，像姚劲波这样坚持这么久的寥寥无几。在创业期间，姚劲波当然也接触到了一些“更不错”的项目，他身边有不少朋友通过这些项目赚了不少钱。换做一般人早就转行了，但倔强的姚劲波没有转，最后看来，他是对的。

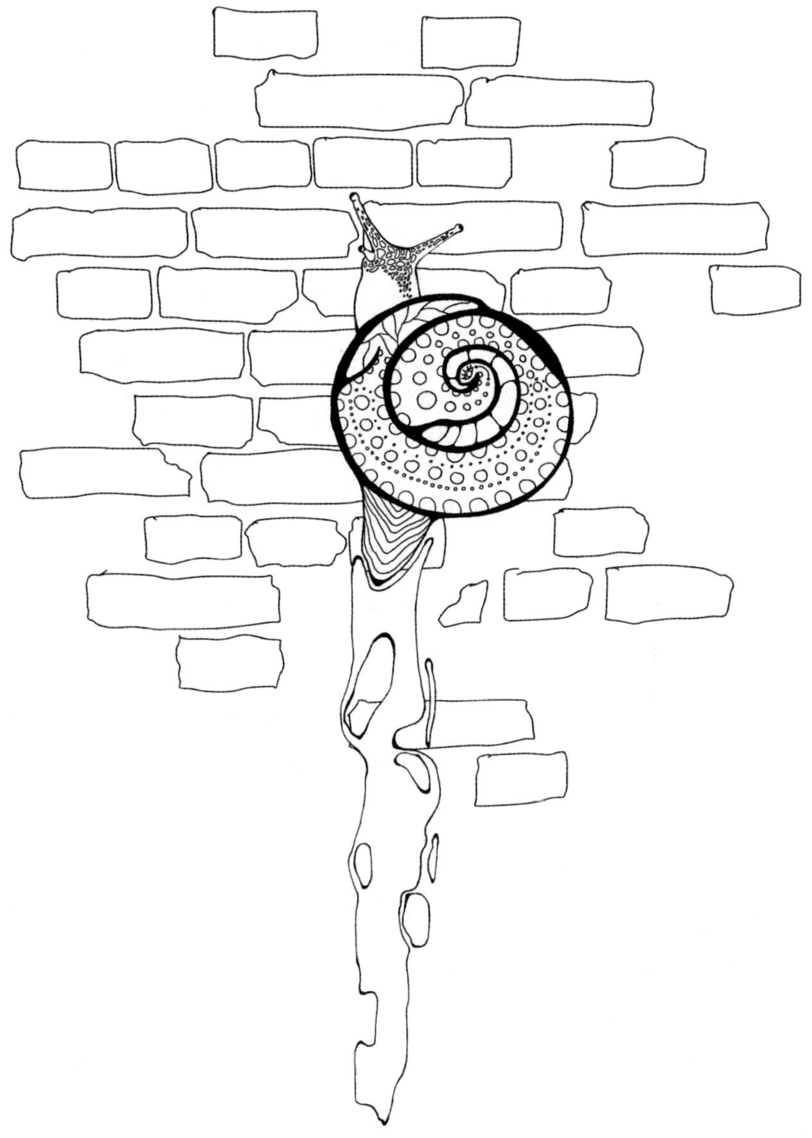

那份在别人眼里看似驴一般"倔"的坚持，让姚劲波的租房网站渐渐有了名气，有了大量稳定的客户。早些年能与姚劲波竞争的租房网站，倒台的倒台，抛售的抛售。在租房领域里，用"一枝独秀"来形容58同城已不为过。

发展到一定规模，姚劲波觉得租房市场达到饱和，于是有了将58同城扩张的打算。在租房的基础上加上各种分类信息，凭着自己原有的客户基础，这样的扩张应该问题不大。对于他的想法团队中有不少反对的声音，因为他的想法要付诸行动的话需要面对失败，他们不敢。姚劲波再一次发挥了他的"倔"劲，现在看来，他的坚持是很正确的。

姚劲波曾经在多个场合强调，创业要坚持信念和梦想。这个社会非常浮躁，很容易出现两极分化的人群。一边是死守在自己岗位的人，因为贪图安逸，没有什么追求。尽管也算是坚持，但没有梦想的支撑，这种坚持恐怕也只是空壳。另一边是有梦，但总是贪图一夜暴富，不付出半点努力就能实现梦想。遇到这种人时，姚劲波丝毫不吝啬分享自己的经验，告诉他们怎么实现他们的梦想。

"我们得把自己想象成一只蜗牛。"别人向他讨教经验时，他会这么说，"蜗牛在向上爬时，如果掉了下来，它会义无反顾地重新开始，不管速度有多慢。所以在实现梦想的征程中，我们一定要学习蜗牛，像它一样坚强。"

人在旅途

海到尽头天做岸，山登绝顶我为峰。人生路千万条，或一路坦途，或荆棘遍地。前行的路，顺境自不待言，而逆境自当坦然面对。人人都渴望成功，但行路难却是事实，不管怎样，行动是通向成功的唯一途径。无论成功与否，朝着心中目标前进的人，整个世界都在为他让路，人生同样精彩……

挑战规则

一味地“遵守规则”或许是一种心理枷锁，一种创新障碍，因为它代表的是僵化不变的守旧观念。

◎马从伟

据说，公元前333年冬天，马其顿将军亚历山大率领军队进入亚洲的一个城市扎营避寒。他听说城里有一个著名的神谕：谁能够解开城中那复杂的“哥顿神结”，谁就会成为亚细亚王。

亚历山大满怀信心，驱马前去解结。可是，他尝试了几个星期，却无法找到结的两端。他茫无头绪，但又不甘罢休。思来想去，突然顿悟：“我何不自己制定一个解结的规则呢？”于是，亚历山大扬眉剑出鞘，他将“哥顿神结”砍开两半，结被彻底“解”开了。

敢于挑战规则的亚历山大最终如愿以偿，亚细亚王的荣誉光辉四射。

以上传说虽无正史可考证，但是传说中蕴藏着创造一招，即向现存的规则挑战，你就有可能在创新开拓中拥有自己的“亚细亚”。

例如，咖喱粉是一种厨用调料，在日本市场上销售量大，某食品工业公司的老板浦上，对咖喱粉新品种的开发情有独钟，但是尝试了几种配方之后，并没有找到成功的喜悦。后来，他挑战规则，开发出跟传统口感大为不同的“不辣咖喱粉”，结果引来一番异议。

有人还当面侮辱浦上：“你是个白痴！哪有这种咖喱粉呢？”

的确，当时的咖喱粉都是辣的，浦上这个“不识时务”的家伙，居然用蜂蜜和果酱调制成不辣的所谓咖喱粉，不是“白痴”又是什么?

世界上的事说来也怪，被同行断言根本卖不出去的“白痴咖喱粉”，上市后居然受到一些讲究口味人的喜爱，他们认为早就该有这种不同传统风味的调料。经过各种公关活动的配合，新口味咖喱粉异军突起，一年后竟成为日本市场上的畅销调料之一。

假如浦上一味地从“辣味”方面去“解”新调料开发之“结”，会有异军突起的营销辉煌吗?

再如，爱美之心，人皆有之，但“男不施妆”的千年古训，使美容似成女士独享的专利。化妆品市场自然被女士们一统天下。精明的日本企业家率先挑战千年古训，把市场开发的眼光投向成千上万的男性消费者。男士系列化妆品上市后，高薪阶层中的男士们纷纷涌向化妆品柜台。

为什么男性化妆品也会畅销呢？富士照相软片公司的公共关系部主任认为：“生于这个时代的我们，可以说每时每刻都在打激烈的人生之仗。对生意人来说，能不能说服对方，签下契约，达成交易，都要在商战中决定。在这种战场上，如果脸色枯黄、须发蓬乱、身带异味、衣服不整，那等于向对方表示自己是个人生的失败者，是败下阵来乞求施舍的人。这种形象的公关者能有所作为吗？”

日本社会如此，改革开放后的中国社会，富有成功潜能的男性化妆品也会成为公关人士的“挡不住的诱惑”。

艺术大师毕加索有名言：“创造之前必须先破坏。”破坏什么？传统观念、传统规则在毕加索眼里都在破坏之列。

毕加索的话富有哲理。其实中国人在发明“创造”一词时，就有“破坏”加“建设”的含义。创造，简单地说，就是破旧立新。实践表明，新生事物的产生总要受到传统观念和传统规则的制约，甚至压制。因此，一切创新都可以说是向现存规则挑战之役。

但是，并不是每个人都敢启用这一技法的。为什么人们面对各个领域的“哥顿神结”而不敢像亚历山大那样挥剑而解呢？一个重要的原因是，我们现实中有着“遵守规则”的压力，这是我们最基本的价值观之一。社会从稳定的要求出发，常常鼓励那些循规蹈矩，习惯于按常规方法从两端找结的人，对企图改变现存规则的行为和想法，往往给予某种有形的或无形的压力。结果，人们觉得遵守规则比向规则挑战要安全得多、愉快得多。

但是，就一个民族、一个国家来说，墨守成规是十分危险的。“创新是一个民族进步的灵魂，是国家兴旺发达的不竭动力。”江泽民在全国科技大会上的这句讲话，高度概括了创新的历史作用，也是向中国人发出的“创新宣言”。

就每个人来说，一味地“遵守规则”或许是一种心理枷锁，一种创新障碍，因为它代表的是僵化不变的守旧观念。不挑战规则，将注定你的一生是无所作为的。

切莫习惯于“无能为力”

“无能为力”是学来的，“自信”却是可以免费获得的。

◎李玉苹

品学兼优的小A中专毕业后去外地求职。一年后，到处碰壁未找到工作的小A回到老家，一改往日的风风火火，把自己封闭在家里，不与外界接触，常常独自唉声叹气。父母让他在本地继续找工作，小A连连摇头：“我没用，我无能……”小A真的是“无能”“无用”吗？不，在校时小A是学生会干部，常参加各种竞赛并得奖，可以说是一个能力很强的男孩儿，只是在竞争异常激烈的求职过程中，学会了“无能为力”。

“无能为力”是学来的？这话听起来有些耸人听闻。然而，20世纪心理学界伟大的发现之一正是：“无能为力”是学来的。

心理学家为了研究人的行为，曾经做了一个实验。实验分为两个阶段：第一阶段，让一群志愿者（被试）依次进到一间房内，将门窗关闭，然后播放分贝很大的噪声。在被试者面前，有一排按钮，如果被试者能按适当的顺序按下按钮，就能将噪声关闭。结果，有的人想方设法，终于找到了正确的顺序将噪声关闭了，而有的人在经过数次失败后，丧失了自信，干脆放弃，皱着眉头，忍受着噪声的干扰。第二阶段，让这些被试者依次进入同样的地点，碰到同样的噪声，不同的是，他们只要按下面前的任意一个按钮就可停止噪声。结果发现，那些在第一阶段成功的人很快停止了噪声，而在第一阶段失败的人则任凭噪声干扰，显得无能为力。通过对人和动物行为的多次实验，心理学家得出了这样的结论：无论是动物的还是人的"无能为力"都是学来的。

"无能为力"在任何年龄阶段都可学到，最容易产生的时期是人的童年阶段。我国北方的一些农村"沙袋育儿"的习俗也证明了出世不久的婴儿就可以学会"无能为力"。所谓"沙袋育儿"，就是把出生不久的孩子放在一个盛有细沙的布袋内喂养，用细沙代替尿布，一天换一次沙。平时孩子就仰躺在沙袋内，每天除了按时给他喂奶之外，不管婴儿哭笑吵闹，既不抱他，也不理他。喂养一段时间后，孩子不哭不闹，十分安静老实。事实上，孩子已学会了"无能为力"。

"无能为力"之所以能学会，就在于人在碰到一系列的失败和挫折后，如果没有外来的鼓励，自己不能正确对待，则很快丧失自信从而自我否定，认为自己无论做什么，无论怎么努力，都不会有任何效果，因此，变得消沉，不再进取。如小A在先后数次求职遭拒绝后便视求职为畏途，再也不敢去参加任何面试。

由此可见，人要想不学会"无能为力"，关键是在任何情况下都要树立信心，充满自信，虽然失败打击人的自信，但只要用最积极的思考、最乐观的精神去对待它，重塑自我，失败也可以成为“成功之母”。下面的例子也许能给你很好的启示：1961年，罗杰·罗尔斯是美国诺必塔小学“迷惘的一代”的一员，“贫民窟”出生的他和其他穷孩子一样被“贫穷”与“暴力”磨去了棱角，相信命运，不与命运抗争，不求上进，不与老师合作，学校想尽一切办法来开导他们，可是几乎没有一种奏效。新来的校长皮尔·保罗发现孩子们很迷信，于是在他上课的时候多了一项内容——给孩子们看手相。凡经他看过手相的孩子，没有一个不是州长、议员或富翁的。当罗尔斯伸着小手走向讲台时，皮尔·保罗说，我一看你修长的小拇指就知道，将来你是纽约州的州长。罗尔斯大吃一惊。他记下了这句话，并且相信了它。从那天起，纽约州州长就像一面旗帜吸引着他，他的衣服不再沾满泥土，开始挺直腰杆走路，他成了班主席。在以后的四十多年里，他没有一天不按州长的标准要求自己。五十一岁那年，他真的成了州长，也是纽约历史上第一位黑人州长。

记住：“无能为力”是学来的，“自信”却是可以免费获得的。学会“无能为力”是对自己的摧残，而自信是所有奇迹的萌发点。

从推销员到国家总统

如果我向前进，就请跟着我！如果我停止，
就请推着我！如果我后退，就请杀了我！

◎李智红

推销，既是一个企业谋求生存与发展的有效途径，同时也是一个人由平庸走向卓越、由平凡走向辉煌、由追求走向成功的通衢与门户。福克斯之所以能够在经营领域和政治领域都取得巨大的成功，就得益于他卓越的推销才华。

前墨西哥总统的毕森特·福克斯，原先不过是可口可乐公司一名普通的推销员。在总结自己的成功经验时，福克斯毫不掩饰地表示，自己之所以能够获得巨大的成功，主要得益于自己卓越的推销才华。福克斯说，从推销自己到推销商品，再到推销一个国家，这中间没有多少根本的区别。

福克斯于1942年出生于墨西哥瓜纳约托州一个富裕的农场主家庭，其父亲是位爱尔兰籍牧场主，母亲是西班牙后裔。他于1964年从墨西哥城伊比利亚美洲大学企业管理专业毕业，后又获得美国哈佛大学高级经理文凭。大学毕业后，福克斯进入可口可乐公司从事推销员的工作。在可口可乐公司工作期间，福克斯很快便显现出他卓越的推销才干。刚上任不久的福克斯，便以自己的祖国墨西哥为依托，迅速为可口可乐公司在中美洲打开了一个广阔的销售市场。他也因此很快地从一个普通推销员晋升为可口可乐墨西哥及拉美地区公司的总裁，成为墨西哥家喻户晓的知名企业家和谈判高手。

1979年，福克斯回到家乡瓜纳华托州开始创建福克斯集团公司，从事农牧业和鞋业经营。1982年，福克斯加入了墨西哥国家行动党，开始步入政界。1988年，他当选为墨西哥联邦议员。1991年，他准备竞选总统一职。1995年，他当选为瓜纳华托州州长。1999年，福克斯辞去州长职务，正式代表墨西哥国家行动党参加总统大选并获得了巨大的成功。2000年12月1日，福克斯正式就职墨西哥新总统。

福克斯在推销可口可乐的同时，也学会了“推销”自己。无论在任何场合，福克斯均不忘充分地展示自己卓越的商业才华和政治才华。从竞选时起，福克斯就注重树立平民总统的形象。特别是在选择竞选活动组织负责人时，福克斯更是一反传统做法，既不选择朋友也不选择过去同事，而是先聘请了一位猎头，然后让他去面试应聘的十位候选人，从中选择负责人。在挑选内阁成员时，福克斯也尽可能选择各个不同政治派别的人才，而并不只把眼光仅仅盯在国家行动党成员上。

在担任了总统之后，福克斯更是把他的“推销”才华发挥到了极致。他说：“以前我是个推销员，我推销的是商品，现在我是总统，是墨西哥的总统，我同样在搞推销，我推销的是墨西哥灿烂而悠久的玛雅文化。”为了防止墨西哥的政要滋生腐败，福克斯别出心裁地吩咐手下人在总统府的大厅门口，摆放上了一只硕大的苹果雕塑，这个苹果已经被蛀虫咬去了一个缺口，旁边书写着这样一行庄严的大字："不容侵蚀。"为了沟通自己与平民之间的联系，福克斯又别出心裁地开办了"总统电台"。这家被定名为"福克斯直播，福克斯与你在一起"的广播电台，由福克斯本人担任该广播电台直播节目的主持人。筹建这一电台并没有花国家一分钱，使用的广播发射设备是总统官邸原有的，播音室设在总统自家的庄园。在首播仪式上，总统与著名主持人"庞吉多"做反串表演，扮作总统的"庞吉多"接受了扮作他的福克斯的即兴采访，叫好喝彩的电话几乎挤爆了电台热线。福克斯的家人说："'总统广播电台'的诞生除了表明福克斯钟爱广播外，更主要的是福克斯想使他的'总统广播电台'成为一种加强与老百姓沟通的有效渠道。"

拉美地区著名的公众杂志《人民》通过读者投票，评选出了二十五位拉美最美好的男女人物。墨西哥高个子总统福克斯榜上有名。该杂志还特意刊登了一幅福克斯在他的庄园与自己喜爱的坐骑大白马合影的彩色照片。《人民》杂志评委会认为，福克斯能获此殊荣并不光是因为他身材高大、英俊潇洒和刚劲有力的气魄，他仁慈的父爱之心也是他赢得广大投票者青睐的主要原因。福克斯从年轻时起就随同家人一起从事救济孤儿和贫穷儿童的事业，在社会上一直有很好的口碑。他与妻子离婚前没有生育子女，他的四个孩子是从社会上收养来的孤儿。他说，作为总统，我有义务使我的这些无家可归的小公民们得到很好的照顾。在被评选出的二十五名拉美最美好的男女人物中，多为获得过奥斯卡奖的著名影视明星、作家和歌唱家等文艺和文学界名流，只有福克斯一人是政治家。

福克斯曾在宣誓就职总统的仪式上，对全体墨西哥公民发出如此铿锵有力的誓言：“如果我向前进，就请跟着我！如果我停止，就请推着我！如果我后退，就请杀了我！”我们不妨把这句话也当作福克斯最为高明也最具感召力的“自我推销”！

少拿五分之一的薪水

为了日后更大的收获，果断地舍弃眼前的一些小利，的确不失为一条智慧的成功之路。

◎阿　健

在京城有一家非常有名的中外合资公司，前往求职的人如过江之鲫，但其用人条件极为苛刻，有幸被录用的概率很小。

那年，从某名牌高校毕业的他，非常渴望进入该公司。于是，他给公司总经理寄去一封短笺。他很快就被录用了，原来打动该公司老总的不是他的学历，而是他那特别的求职条件——请求随便给他安排一份工作，无论多苦多累，他只拿做同样工作的其他员工五分之四的薪水，但保证工作做得比别人还要优秀。

进入公司后，他果然干得很出色，公司主动提出给他满薪，他却始终坚持最初的承诺，比做同样工作的员工少拿五分之一的薪水。

后来，因受所隶属的集团经营决策失误影响，公司要裁减部分员工，很多员工无奈地失业了，他非但没有下岗，反而被提升为部门的经理。这时，他仍主动提出少拿五分之一的薪水，但他工作依然兢兢业业，做着公司业绩最突出的部门经理。

后来，公司准备给他升职，并明确表示不让他再少拿一分薪水，还允诺给他相当诱人的奖金。面对如此优厚的待遇，他没有受宠若惊，反而出人意料地提出了辞呈，转而加盟了各方面条件均很一般的另一家公司。

不久，他就凭着自己非凡的经营才干，赢得了新加盟的公司上下一致信赖，被推选为公司总经理，当之无愧地拿到了一份远远高于那家合资公司许以的报酬。

当有记者追问他当年为何坚持少拿五分之一的薪水时，他微笑道："其实我并没有少拿一分的薪水，我只不过是先付了一点儿学费而已，我今天的成功，在很大程度上取决于在那家公司里学到的经验……"

哦，原来如此！

诚如大家所熟悉的俗语那样——"天下没有免费的午餐"，这位商界成功人士的经历告诉我们：为了日后更大的收获，果断地舍弃眼前的一些小利，的确不失为一条智慧的成功之路。

揭开贫穷之谜

生活中的任何一件小事，都在向我们昭示着人生的奥秘。

◎石恒章

巴拉昂以一百万法郎悬赏、奖励揭开贫穷之谜的人。令人吃惊的是，最终获取这笔高额奖金的居然是一个年仅九岁的小姑娘。

巴拉昂是一位年轻的媒体大亨，以推销装饰肖像画起家。在不到十年的时间里，迅速跻身于法国五十大富翁的行列。1998年因患前列腺癌医治无效在法国博比尼医院去世。临终前他留下遗嘱，把四点六亿法郎的股份捐献给博比尼医院，用作前列腺癌研究；同时还以一百万法郎作为奖金，奖给揭开贫穷之谜的人。

巴拉昂从前是个穷人，他不愿将自己成功的秘诀随身带入天堂。巴拉昂去世后，他的一份遗嘱刊登在法国《科西嘉人报》上。他在遗嘱中说，他把成为富人的秘诀锁在法兰西人寿保险箱中，他的律师和两位代理人手中掌握着保险箱的钥匙。他说通过“穷人最缺少的是什么”问题的回答，猜中他秘诀的睿智者，将得到他放在那只保险箱内的一百万法郎。那一百万法郎就是他给那位睿智者的掌声，虽然自己到那时不能从墓穴中伸出双臂来为其欢呼。

遗嘱刊出以后，有的人认为这是《科西嘉人报》为增大发行量而搞的促销活动，因此并不热心参与。不过《科西嘉人报》还是收到了许许多多的答案。其中绝大多数人的回答是“穷人最缺少的是钱”。的确，这几乎是再显而易见不过了。有一部分人则认为“穷人最缺少的是机会”，难道不是吗？穷人可不就是缺少成为富人的机会吗？也有一些人认为“穷人最缺少的是技能”，有了挣钱的技能，人不就不穷了吗？还有一些人认为“穷人最缺少的是关爱和帮助”，当然还有人认为“穷人最缺少的是漂亮”，是皮尔·卡丹时装，是总统的职位……形形色色，五花八门。

但究竟“穷人最缺少的是什么”呢？哪个答案能够获奖呢？

结果出乎人们的意料。在巴拉昂逝世周年纪念日，律师和代理人按照巴拉昂生前的托付在公证部门的监督之下，打开了那只放秘诀和奖金的保险箱，在48561位参与者的答案中，居然是九岁的小姑娘蒂勒最终获奖，她猜中了巴拉昂的秘诀，他们两个人不谋而合，都认为“穷人最缺少的是野心”，即成为富人的野心。

一个小孩儿何以会有如此卓尔不凡的睿智呢？她怎么能从48561位竞答者中脱颖而出获此殊荣呢？她怎么会想到是野心呢？《科西嘉人报》的记者，带着所有人的疑惑采访了蒂勒。蒂勒说：“每次，我姐姐把她十一岁的男朋友带回家时，总是警告我说不要有野心！不要有野心！我想，也许野心可以让人得到自己想要的东西。”

事实上蒂勒的睿智，正在于她是个孩子。与成年人相比较，孩子的思维单纯清晰而敏捷，像山间跳跃的溪水，如春天初生的幼苗，似海阔天空中飞翔的海燕。孩子的心灵之门向着天地自然，向着世界真诚地敞开着。一切事物对她来说都是最初始、最新鲜的，留给她的印迹都是鲜明而深刻的，她耳聪目明、虚心慧智，能准确而灵敏地捕捉住这个世界给予她的每一个启示，哪怕仅仅是生活中的一个跳动闪烁、稍纵即逝的小小的灵感。而经历了沧海桑田的成年人的所谓成熟与稳重，其实也正是头脑世故，对事物有成见、意志衰减、情绪低落、性情麻痹的表现。

人生百年，在历史的长河之中，不过如白驹过隙，一闪而过。人永远是历史年轮中生长着的孩童而已。那么何不找回我们作为孩童的身份，摆正我们作为孩童的位置，以孩童般纯真的心态、激扬的热情、十足的好奇去打量世界感受生活？生活中的任何一件小事，都在向我们昭示着人生的奥秘。

缺什么不补什么

缺什么不补什么不失为一种明智的人生选择。

◎周系文

成功心理学创始人之一，盖洛普名誉董事长唐纳德·克利夫顿在与他人合著的《飞向成功》一书中，讲了一个很有趣的故事。大意是，小兔子被送进了动物学校，它最喜欢跑步课，并且总是得第一；最不喜欢的则是游泳课，一上游泳课他就非常痛苦。但是兔爸爸和兔妈妈要求小兔子什么都学，不允许偏科。小兔子只好每天垂头丧气地到学校上学，老师问他是不是在为游泳太差而烦恼，小兔子点点头，盼望得到老师的帮助。老师说："其实这个问题很好解决，你的跑步是强项但游泳是弱项，这样好了，你以后不用上跑步课了，可以专心练习游泳。"

看了这个故事，相信百分之百的人都要笑话兔爸爸、兔妈妈和老师，小兔子根本不是游泳的料，即使再努力，也不可能学会游泳的。可是笑过之后，心情就不轻松了，我们何尝比它们更聪明一些呢？

人和人是不一样的，说起来谁都明白，但一到现实中就糊涂了。家长对待孩子，希望他什么都会；老师对待学生，希望他什么都会；我们对待自己，仍然希望自己什么都会。

在成功心理学看来，判断一个人是否成功，最主要的是看他是否最大限度地发挥了自己的优势，而不是用一个社会上的统一的所谓“成功人士”的标准来衡量。通过研究发现，人类有四百多种优势，在每个人身上表现各不相同，即使同一种优势在不同的人身上，也会表现出各自的特点。如果清楚自己的优势是什么，然后将你的生活、工作和事业发展都建立在你的优势之上。你就有可能成功，即使这些成功有时不够显赫，但它确实可以证明这个人是成功的。

但很多时候，我们却为了和别人一样，情愿放下优势，用十倍的努力和勤奋去弥补缺陷。这样做使我们失去进一步发展优势的时间和机会，其结果是缺陷没有得到改善，优势也不明显了。小兔子的优势是跑步，如果训练得法，会成为一个优秀的长跑运动员。而让他天天练习游泳，最终跑步的优势将会由于长久的荒废而失去。

发展优势的前提是知道自己的优势在哪里。人们一般都或多或少地知道自己在哪些方面有特长，比如喜欢做某类事或做某类事时一点不吃力，而且做得比别人好，或做完后有满足感。但有人不太敢确定这就是优势，尤其是这类特长是操作性的，如做个小板凳、修个自行车之类，不仅不引以为自豪，相反还有点羞于显示，因为它们不入流。其实这确确实实是一个人的优势。克利夫顿的观点是，当你看到别人在做某件事时，你心里会有一种痒痒的召唤感——我也想做这件事；当你完成一件事时你会有一种满足感或欣慰感；你在做某类事时非常快，无师自通；当你做某类事情时，你不是一步一步去做，而是行云流水般地一气呵成。如果有这样的感觉，恭喜你，这就是你的优势。另外一种了解自己优势的途径是借助专业公司寻求咨询和帮助，现在越来越多的人已经开始这样做了。

接下来的事情就好办得多了，兴趣是最好的老师，因为你要做的正是你喜欢做的，所以不会有被强迫的痛苦。但仍需注意要专心一意持之以恒，如果不断地变换兴趣，或是三天打鱼两天晒网，同样不可能获得成功。

努力去发展优势，至于自己原来所欠缺的就让它欠缺好了，有些东西不是勤奋、毅力所能弥补的。缺什么不补什么不失为一种明智的人生选择。

先把根留住

只有先留住了根，才能长出茂盛的枝叶。

◎王　强

一位专科毕业生想在中关村谋份工作，可是一张专科文凭显得太苍白无力，他一次次被无情地拒之门外。虽有些心灰意懒，但为了生计，他应聘去一家酒楼做了勤杂工，开始在那里洗菜、扫地、搬东西。他一边干着最累的活，一边始终没有放弃学习。苦心人，天不负。一年的业余苦修，他通过了英语六级考试和计算机中级考试。

有一天，酒楼经理办公室的电脑出毛病了，女秘书急得团团转。总经理说："不行的话，我可以找人来修。"这时候，年轻人勇敢地走上前去说："我可以试试。"大家疑惑地看着他，因为勤杂工怎么可能会修电脑？他没有在意众人疑惑的眼光，洗掉手上搬菜时沾上的泥土，对照英文说明书，不一会儿便把电脑修好了。总经理很是纳闷地问他："你怎么会看懂英文说明书？还会修电脑？"年轻人这才亮出了自己的真实身份："其实，我是专科毕业，利用业余时间自修了英语和电脑。"老板更是不解了："那你为什么在这里干勤杂工呢？"年轻人笑笑："只有先留住了根，才能生出茂盛的枝叶。”经理对年轻人顿时刮目相看。

几天以后，经理找到年轻人说：“我弟弟在中关村开了一家电脑公司，他那里很需要你这样虚心务实的人。如果你愿意，我现在就带你过去。”就这样，年轻人顺利进入好多本科生都向往的电脑公司。不久以后，他就成了那家公司的部门经理，负责软件开发。

年轻人戏剧性的经历让我们不得不佩服他的坚毅和睿智。他曾经像很多人一样怀揣一纸文凭四处碰壁。可贵的是，频频碰壁之后，他没有消沉，也没有执迷不悟地继续追寻，而是于逆境中选择了一条常人难以选择的路——先生根，再长叶。甘于俯身低首，默默地做着最苦最累的工作。而更难得的是，他没有在苦累中放弃自我，而是积极地为自我充电。“机遇又总是偏爱有准备的头脑。”当机会来临时，他如一匹黑马般立在了众人面前，把握住了本不属于他的机会，从而一步步长出了人生之树的繁茂枝叶。

小伙子说得多好：“只有先留住了根，才能长出茂盛的枝叶。”年轻的寻路人，莫再空空叹息，莫再四处张望，俯下身先把根留住，然后用勤奋去滋养它，坚持下去，总有一天，昔日的苦根之上自会长出繁茂的枝叶和鲜花。

北大毕业等于零

在社会这个大熔炉、大考场上，任何金字招牌、水晶招牌、钻石招牌都无济于事，如果没有从零干起的心态和发奋努力，北大毕业就真的等于零。

◎王文良

一天，我被顶头上司——美联集团中国公司的总经理叫了过去。总经理倒上一杯咖啡后，对我说："王先生，你难道不想对你的大区经理们说些什么？"

面对这些刚刚由自己招聘来的大区经理们，我说些什么呢？

最好的方式是讲述我自己。

我走上台，向台下的人问："现在，我有一个问题，哪一位回答我？"

大家相互看了看，不知这个问题是什么。

"你一天最多能进多少家馆子？"

台下的人刚开始还挺紧张，在听懂我的意思后，他们哄笑开了。

有的说他一天进过三家，三顿饭都在馆子里吃；有的说他一天逛过十几家，他们以为我今天很高兴，想跟大家说一些轻松的话题，或者给大家来一点儿意外的轻松幽默。

“我一天进过八十七家馆子。”我的话又引来一阵笑声。

少顷，我告诉大家：“不过不是去吃饭，而是去推销我们的产品——顶好色拉油。”

“我曾经发誓，这一辈子再也不进餐馆！”

“八十七家，真的是一个象征。八和七，要发达则必须经过艰难曲折。这，就是我今天要给大家演讲的内容。”

“你尝到过背着产品一边走一边睡着了的滋味吗？你尝到过在被连续拒绝了十次、二十次以后，再一次微笑着踏进被拒绝的大门时那种巨大的压力吗？”

“我曾经有过三十二次被拒绝的失败纪录！但当我满怀信心地开始第三十三次努力后，我成功了！”“成功是什么？”我感慨地说，“成功对于其他行业来说，也许只是在别人不愿努力时，你继续努力一把。但对于我们搞销售的来说，则是在别人想都不愿意想时，你必须早早地爬起来用十倍百倍的努力去做！它给我们最大的痛苦，不是榨尽你所有的智力与体力的高强度劳动，而是一次又一次地粉碎你的自尊，让你与那些你平日或许根本看不起的，在智力、学历上与你完全不一样的人站在同一起跑线上起跑。你没有优势，但你必须取胜。我是标准的北大1989届毕业生，在这一点儿上，北大毕业等于零。”

我对大家说：“今天，你们看到的是我当过三个跨国公司中国总监等职的潇洒。可是，潇洒的后面该洒下多少汗水甚至血泪？

有人说，就凭你北大的牌子和高才生的聪明，根本不需要去受这般苦。我要说，我不清楚别的行业是否这样，我只知道，对搞销售的人来说，绝对不会存在任何的幸运！”

那次演讲的情景到现在还深深地刻在我脑海里。

这并不是全盘否定北大等一流学校给人的教育。相反，我认为我的成功离不开在北大受到的一流教育。同时，我的经历还告诉我，在社会这个大熔炉、大考场上，任何金字招牌、水晶招牌、钻石招牌都无济于事，如果没有从零干起的心态和发奋努力，北大毕业就真的等于零。

我曾亲眼见到不少名牌高校毕业生在走向工作岗位时普遍面临的一种窘境，一方面自己的期望值很高，一方面招聘单位给的条件和待遇不“高”。他们往往背着名牌院校和高才生的包袱，以为全社会都离不开他。找工作高不成低不就，一次又一次地跳槽，一次比一次更不满意。他们不从自身找原因，反而认为这个社会越来越现实，老板狡诈贪婪，同事嫉贤妒能，他们把怀才不遇的全部原因都归于社会。

我自己当然是一个最有说服力的例子。想十年内当局长，可是在机关与同事、与上级几乎无话可说；想当外交部部长，却成了给外交部送货的推销员。如果我不能及时调整心态，没有从零干起的发奋努力精神，我可能至今还在哪个地方抱怨命运不公，绝对不会有日后的成功与辉煌。

弱点也是优势

有时候，一个人最大的弱点可以转化成他最大的优势。

◎紫藤花　编译

有时候，一个人最大的弱点可以转化成他最大的优势。下面这个十岁男孩儿的故事就证明了这一点。

这个十岁的男孩儿在一次可怕的车祸中失去了左臂，但是尽管如此，他还是决定去学习柔道。男孩儿开始跟着一位日本柔道师父学习。男孩儿学得非常刻苦，也学得非常好。但是，在三个月的苦练中，他的师父只教了他一个招式，这使他很不理解。

“师父，”男孩儿终于说道，“难道我不应该再学一些其他的招式吗？”

“这是你知道的唯一一招，也是你需要知道的唯一一招。”他的师父回答。

男孩儿虽然不能够理解师父的话，但是他对师父很信任，于是，他继续苦练。

几个月之后，男孩儿的师父带他去参加他的第一次柔道比赛。令男孩儿自己都感到惊讶的是，前两场比赛他轻而易举地战胜了对手。第三场比赛比较艰难，但是经过一段时间的激烈竞争，他的对手失去了耐心，开始向他发动攻击。男孩儿熟练地用他唯一的一招赢得了那场比赛。男孩儿对自己的成功非常震惊。

决赛开始了。这一次，他的对手是个身材更加魁梧、体魄更加健壮、临战经验也更加丰富的人。在最初的争斗中，男孩儿显得有些力不能支了。因为关心男孩儿，考虑到他可能会受到伤害，裁判宣布比赛暂停，就在他正准备宣布中止比赛的时候，男孩儿的师傅过来干涉了。“不，”男孩儿的师父坚持道，“让他继续比赛。”

比赛重新开始。男孩儿的对手犯了一个严重的错误：他放松了警惕。男孩瞅准机会，用他唯一的一招击败了他。男孩儿赢得了决赛，成为这次比赛的冠军。在回家的路上，男孩儿和他的师父把每一场比赛中的每一个动作都回顾并讨论了一番。然后，男孩儿鼓起勇气问了一个他心里真正想问的问题。

“师父，我只有一个招式，怎么能赢得这场比赛的呢？”

“你能够获胜，有两个原因。”男孩儿的师父回答，“第一，你所掌握的这唯一的一招是柔道功夫中最厉害的招式之一。第二，你的对手唯一能够用来防御你那一招的是去抓你的左臂。”男孩儿的最大的弱点变成了他的最大优势。

最好的位置

我所要做的很简单，只需紧紧跟着领先的那个人，然后在最后一圈，选择合适的时机超越他。

◎流浪狗

一位摩托车手说，每当我在赛道上，我总在思考这个问题：为什么第二永远是最好的位置?

在看武侠小说时，我总有如此感觉：第一不是一个位置，它是没有位置。独孤求败这个名字很有意思，哪会有人求败呢？他这个人更有意思，到处和人比武，寻找一个可以打败他的人。第一这个位置对于他来说，就像飘浮于云端之上，找不到着脚点。因而他要到处找高手比武决战，以确认自己的位置。

我想起了长跑。这真是一个奇怪的现象，无论是奥运会还是我们中学时的校运会，我看到那些从一开始就甩开别人跑在前边的选手，马上会对身边的人说：“嘿，我敢肯定，跑第一的绝不是他。”事实总证明我没有猜错，那个从一开始就遥遥领先的人，名次十有八九排在最后。

以前我总是这么认为，那是因为他们从一开始就出尽了力气，到最后就跑不动了。现在我明白了，长跑赛的不单单是耐力，还有智慧。

处于第一的人，左右两边没有对手的步步紧逼，前边更没有可供追赶的对象；他很容易找不准自己的位置，因为，他看不到别人的位置。无论人生还是一场赛跑，我们都是从与别人的对比中确认自己的位置。一个人如果找不到自己的位置，就会迷失自我。就像长跑，跑在前面的那个人，不知怎么用力，该用多大的力，速度应如何掌握，身后又是怎样的情况……这时候，他只能凭借以往比赛和平时训练的经验，而实践证明，经验在实战中往往不堪一击。

我还记得，在某一届奥运会上，马家军的骁将王军霞在五千米长跑中痛失冠军，而此前，在各种比赛中，五千米的冠军奖杯一直是她的囊中物。那次她屈居亚军，在摄像机面前，她的眼睛含满泪水。她深深地自责。按照教练的指示，她应该在最后一圈时开始超越领跑的那个黑人选手，而她提前了半圈。

一位长跑选手在接受记者采访时，这样介绍自己的取胜之道：我所要做的很简单，只需紧紧跟着领先的那个人，然后在最后一圈，选择合适的时机超越他。

我不喜欢长跑，但我喜欢这句话。

青海高原上的“哲学课”

我已经将在崎岖陡峭的文思上行走，在永远也不能重复自己的文字间跳跃，当成了一种生活的“常态”。

◎陈大超

20世纪70年代末，在青海高原海拔四千五百米的关角山下，当铁道兵的我，常常和一位特别爱读书的老兵去登山。

登山的时候常常遇到在陡峭的山岩上轻盈飞奔的野黄羊。“你看我们，每爬几步就要停下来喘半天气，可是那些黄羊，一天到晚都在那么险峻的山岩上跑来跑去，他们好像一点儿也不感觉到累呀。”我说。“那是它们已经将自己在陡峭山岩上的生活，当成一种常态了啊。”老兵说。有时候则是见那些十来岁的牧童，一边唱着悠扬的歌儿，一边赶着雪白的羊群，只一会儿的工夫，就从我们身边“飘”到山那边去了。“唉，我要是能有那么好的体力，能够在海拔这么高的地方活得如此轻松自如，那该多好哇！”我又说。“你要是从小就在高原上生活，让这种赶着羊群翻山越岭地跑来跑去的生活成为你生活的常态，那你也是可以毫不费力就能翻过一座座崇山峻岭的呀！”老兵又说。

接着他又说出这样一番话来："其实很多科学家和文学艺术家，他们之所以能够取得常人难以想象的成绩，就是因为他们将那些常人难以想象的吃苦受累当成了生活的一种常态，而一旦他们将那种吃苦受累当成了生活的常态，那种苦哇累呀在他们的感觉里反而不算什么了——也许局外人会赞叹他们多么了不起，不容易，但他们自己却觉得很平常。"说得我心里暗自一动。也正是从那时候起，我开始了将艰苦的写作当成自己的"生活常态"来看待、来坚持，哪怕是遇到再难理喻再难忍受的事，我也不中断不放弃。

一晃二十多年过去了，我也早在六年前就过上了完全以写作为职业的生活。听说我每天都可以写出一篇文章，平均每个月都可以写出二十多篇千字左右的文章，我们这里的不少人都认为这非常了不起，对于他们来说，写文章是最让人头痛的事，别说叫他们每天写一篇文章，就是叫他们十天写一篇文章，他们也会感到非常困难，难以完成。"你每天写文章就不感到头痛吗？""你不感到你选择的是一种最苦最难的职业吗？"自然也有人这样问我。

我怎么跟他们说呢？我只能说我习惯了。而我真正想说的是：我已经将在崎岖陡峭的文思上行走，在永远也不能重复自己的文字间跳跃，当成了一种生活的"常态"。正是在这种"常态"的生活里，我养成了善于思考的习性，练出了比较强健的思维的"肌肉"，训练出了比一般人强的写作能力。也正因为如此，在许多人看来不可能的事情，我却每天都在做，而且做得比较轻松和愉悦。

我也真是应该好好感谢——我在青海高原当兵时，那些黄羊、那些牧童、那个老兵给我上的那些"哲学课"。

不是偶然，是必然

怪不得维也纳成了举世闻名的音乐之都，原来，在那里，即便是上帝，也得为音乐家的灵感让路。

◎皖亭子

有个故事。

贝多芬失聪之后，仍然一如既往地迷恋着音乐。

冬季的一天，北风呼啸，落叶横飞，白发苍苍的老人正在维也纳的大街上散步，灵感突然来了，于是，老人赶紧单膝跪下拿出纸笔，并立刻以膝为桌，把这段突然闪现的美妙旋律记了下来。他写着，越写越快，任北风吹拂着他满头的银发，任落叶渐渐堆满了他脚底的路面——而既然老人正全身心地投入，也就全然忽略了周围的一切。就在这时，一支送葬的队伍出现了，那长长的队伍极肃穆地走来，越走越近，深沉的哀乐也越来越响，可是，失聪的贝多芬一点也听不到，只顾聚精会神地写着，写着，写着。在笃信宗教的西方，送葬是以上帝的名义进行的，谁也不能阻挡，谁也不能妨碍。虽然这是个特殊的时刻，但是人们已经认出这是音乐家贝多芬，也就立刻停下脚步，静静地，在扑面的北风中，满怀着敬意看着老人，直到他写完了这段美妙旋律的最后一个音符。终于，老人站起来了，而当他突然觉察到是自己的失态与失礼挡住了送葬的队伍，也就立即立正，站好，向着送葬的人们，深深地鞠了一躬。

啊！怪不得维也纳成了举世闻名的音乐之都，原来，在那里，即便是上帝，也得为音乐家的灵感让路。

同样让人感慨万千的还有英国剑桥大学的一个传统。在剑桥大学的校园里，随处可见一沓沓摆放整齐的白色小纸片，餐厅有，教室有，操场有，走廊有，甚至厕所里也有。原来，这是为所有爱思考的人准备的。当灵感突至，你只管用这些小纸片把它记录下来。

啊！怪不得诺贝尔奖格外青睐剑桥，一次又一次地光临剑桥，原来，这迷人的青睐不是偶然，而是必然。

小河中捞大鱼

经营并非越大越好，与其在大河里捞小鱼，
不如在小河里捞大鱼。

◎祝师基

巴黎有个年轻的画家，很想把自己推销出去。于是，他倾尽家产，又向朋友借钱，在巴黎著名的艺术街里开办了一间画廊，专门展示自己的作品。他以为这样做，很快就能提高知名度，得到大家的认可，赢得显赫的名声和大量的财富。因为，这条艺术街在全世界都是有名的，许多大腕级的画家都来光顾，不少价值不菲的艺术品都是在这儿成交和推广的。

然而，等他在艺术街上一个不显眼的角落开办了画廊以后，才发现一个残酷的事实。原来，在艺术街上已经有了太多的画廊，除了几十家装饰特别华丽的知名画廊外，像他这种小画廊根本没有什么人进门，他无法与那些已成规模、实力雄厚的画廊共同分享艺术带来的可观利润。

就这样，在苦苦守望了几个月后，他决定关闭这间被寄予无限希望，又耗费大量资金，而现在仍然门庭冷落的画廊。

临关门前的这天下午，心情烦闷的他来到街头一家小咖啡馆想用咖啡来缓解情绪。望着来来往往、川流不息的客人，自己一声不吭地喝着咖啡。一杯咖啡喝了近半个小时，但这半小时却成就了他后来的壮丽事业。

他发现，这虽然是个小小的咖啡屋，但客流量却相当大，在这期间他大致统计了一下，近半个小时里在咖啡屋里来往的客人，超过了在艺术街那些所有华丽画廊里来往的客人总和。既然如此，我为何不在艺术街上开办一家咖啡屋呢？如果人们一边欣赏精美的画，一边喝咖啡，效果会怎么样呢？

一个星期后，在这条长长的艺术街上，并没有大事发生，但人们行走的方式却发生了变化，因为在街道的一个角落里出现了一个小小的咖啡屋，虽然位置并不显眼，但咖啡的香气足以吸引过往的客人，当大家坐下喝着咖啡的时候，又会惊奇地发现，这里四周墙壁上竟挂满了一幅幅很有创意且精美的画作。边品尝着可口的咖啡，边欣赏这些动人的绘画，客人们陶醉了。

就这样，他的咖啡屋门庭若市，其中有不少的投资者。一天下午，有人问起了这些作品的来历。当知道了这些作品均出自咖啡屋老板的手之后，油然而生敬意。不久，一个惊人的消息在艺术街上传开了——那个开咖啡屋的老板竟是画家！这下，他的咖啡屋竟名扬巴黎，他的作品也被抢购一空。

画家以独特的方式在高手如林的竞争中胜利了。

其实，在纷繁复杂的商业机遇与竞争中，人人都可以造就一条属于自己的成功之路。在与强大的对手竞争时，如果我们不能在大处获胜，那就从小处着手，在小细节上下功夫，而这些小细节要么被大对手忽视，要么人家无暇顾及，这就为我们留下了广阔的活动空间，我们可以在这些方面一展身手，把小事情做精做细做好，也就有了立足之地。如果不顾实际和自己的处境，硬要与大对手一起到大河里“蹚水”，那么呛水的只能是自己。画家在二次创业前就认识到，他的画艺虽然不错，但与实力雄厚的大腕一比，还是弱小，不能与人家匹敌。当他调整方向从小处着眼并狠下功夫取得成功后，才悟出了一个道理：经营并非越大越好，与其在大河里捞小鱼，不如在小河里捞大鱼。

用尽你所有的力量

你用尽所有的力气无法办到的事情，别人或许只需一句话，一个点子就可以轻易解决。

◎彭媛媛

一个阳光明媚的下午，我和米洋在客厅里一边喝茶一边讨论周末出游的路线，米洋五岁的儿子独自在花园的沙坑玩。透过客厅的落地窗，我们正好可以看见孩子，只见他用手将沙堆成他想象的城堡，当他堆到沙坑左边的时候，被一块大石头挡住了，如果绕过石头来堆城堡，那么，城堡形状会很难看。于是，孩子选择把石头搬开，他先试着用手抬，因为石头太大，他无法把石头搬走，他又从花园里找来一根木棒做杠杆，这次不仅没有搬走石头，反而被石头砸了脚。孩子没有放弃，揉了揉脚继续用自己能够想到的方法搬石头，但无论怎样用力，都没有移走石头。最后，孩子筋疲力尽，一身的汗，终于放弃了搬石头，一屁股坐在沙堆上哭了起来。

米洋走了过去，亲切地对孩子说："儿子，你为什么不用尽你所有的力量呢？"孩子揉了揉红肿的眼睛，委屈地说："我已经用尽了所有的力量。"米洋说："儿子，你没有用尽你所有的力量，你还没有叫我来帮忙呢！”说着，走下沙坑，把石头抱起，丢到沙坑外，并对孩子说：“你看，爸爸不是很容易就把石头抱出了沙坑吗？你的力量，不仅有你自己的力量，还有你可以寻求到的所有能够给予帮助的那部分力量，这两种力量的总和，才是你所有的力量。”

不错，通往成功之路并非一帆风顺，这其中，会遇到许多困难和挫折。当遇到困难和挫折时，我们总是以为自己已经用尽了所有的力量，于是，往往选择放弃，于是曾经付出的努力也就付诸东流。

其实，成功的关键是用尽自己所有的资源和力量，包括获得别人的帮助。当你几乎走到山穷水尽的时候，其实离成功也许仅有一步之遥了，这时，只要伸出你的手，让别人拉一拉，就可以站在成功的高峰上。因为你用尽所有的力气无法办到的事情，别人或许只需一句话，一个点子就可以轻易解决。

留只眼睛看自己

在奋力拼搏的同时，我们可别忘了留一只眼睛看自己。

◎九　歌

宫本和柳生是日本近代的知名剑客，宫本是柳生的师父。柳生在拜师学艺时，曾经急切地问宫本说："师父，您看凭我的条件，需要练多久才能成为一流的剑客？"宫本答道："至少要十年吧！"柳生一听这话更着急了，又问："十年的时间太久了，如果我能加倍苦练，那么需要多久可以成为一流的剑客？"宫本回答说："那就得二十年了！"听了师父的话，柳生一脸狐疑，又接着问："假如我再利用上晚上的时间，夜以继日地苦练，那么多久可以成为一流的剑客呢？"宫本答道："那你只会劳累而亡，无法成为一流的剑客。"柳生觉得师父的说法太矛盾了，就问宫本："师父，为什么我越是努力练剑，成为一流剑客的时间反而越长呢？"宫本的答案是："要当一流剑客的先决条件，就是必须永远保留一只眼睛注视自己，不断地反省。如果你的两只眼睛都紧紧盯着那一流剑客的招牌，哪里还有眼睛注视自己呢？"听了师父的话，原本聪慧的柳生忽然开窍，照着宫本的要求去做，终于成为一名流传史册的剑客。

想当一流的剑客，不仅仅需要牢记目标苦练剑术，还需要保留一只眼睛看自己，不断地进行自我反省，时时琢磨，剑术才能精益求精，逐渐长进。宫本的这番话是为了点化他的学生，但对后人来说，也不失为一句座右铭。

我们盼望达到目标的心情比起柳生来更迫切，别说十年，就是三年、五年已是太久了，巴不得一朝一夕就功成名就。我们的眼睛只盯着梦想中的目标，无法清醒地认识自我了，也看不清周围的一切，结果是迷失了自己，或是被外围的种种诱惑、危险所吞没，以致“出师未捷身先死”。所以，在奋力拼搏的同时，我们可别忘了留一只眼睛看自己，常常反省一下、掂量一下自己已有的能力、学识能否为自己的成功奠定坚实的基础，看看自己努力的方向是不是正确，想想行动的方案是不是符合实际。通过反省，我们才能发现偏差，校正自己的目标和行动。如此，你的努力将会获得实实在在的回报，而不至于劳而无获。

在我们奔向成功的艰难征途中，不妨记住两位一流剑客的精彩对白，像他们一样留着一只眼睛看自己，如此，我们才能事业有成。

爱上不如意的职业

去爱不如意的职业，并全身心地投入其中，你就会一步步走向成功。

◎孙乃明

已是深秋时节，在日本东京的街头，一位身穿米黄色风衣的青年人正在踽踽独行。无情的秋风吹乱了青年的黑发，显得他的面容更加忧郁。

一年前，这位青年人从东京明治大学毕业，踌躇满志的他抱着“大海那边有幸福”的梦想，本想找一个与外贸有关的工作。可无情的现实彻底击碎了他的美丽梦想，别说找一份称心如意的工作，就连吃饭都出现了困难。他住在东京校友的宿舍里，在近一年的时间里不停地找工作，可还是没能如愿。

正在青年人一筹莫展的时候，一位同学兴冲冲地给他带来了好消息，介绍他去一家电影制片厂当见习演员。

当演员？当这样的字眼突然闪现在青年人的脑海时，他震惊得说不出话来。他担心自己笨嘴拙舌，无法胜任演员的角色；更重要的是，在他自幼生长的九州岛地区，人们都习惯用世俗的眼光看待演员的职业，并称之为要饭的戏子。青年人双手插进厚发中低头足足思考了半天，虽然极不愿意从事如此“卑贱”的职业，但迫于手头拮据，他也只能接受这份工作了。

青年人忐忑不安地来到东映公司的新演员班。工作人员让新演员们试镜。

他有生以来第一次上妆，当他看到脸上的油彩时，眼泪竟然夺眶而出，他痛感自己是个可怜虫，太没出息了。社会的成见使他认为，当演员就是降低了自己的人格尊严，可是除此之外，又有什么赚钱的办法呢？那时他天天想，等挣了一些钱就远离这个令他感到耻辱的行业。一向好胜的他，怎能甘心做一个戏子！

可一次外景拍摄时发生的小插曲却让他改变了偏见。那是他在拍摄《第十三号栈桥》时发生的事情，作为一个无足轻重的小配角，在寒冷的外景地里，衣着单薄的青年人尽管冻得浑身发抖，却只能待在片场里等候导演通知。和他一起拍戏的著名女演员日高澄子看见此情此景，十分同情他，便招呼他坐进自己的汽车里，还端出热乎乎的咖啡款待他。

坐在豪华的轿车里，品尝着飘香的咖啡，青年人感动得热泪盈眶。看着近在咫尺的名演员，听着她那宛如黄鹂鸣叫的动人话语，使他彻底改变了对演员的不良看法。他忽然觉得，演员也是有情有义真诚善良的人。他豁然开朗——当个演员也没什么不好。

后来又遇到一件事，让他坚定了追求卓越想当明星的信念。他和一位舞女拍电影，舞女因为劳累过度，突然昏倒在地。经医院诊断为贫血，必须住院一段时间。没想到第二天，舞女竟面色苍白地出现在拍摄现场。同事们都吃惊地说：“你不要命了！”并劝她赶快回医院。舞女笑了笑，语气坚定地说："不！我不能放弃！也许这部电影能使我成为明星。"

舞女的话让青年人的心灵受到强烈震撼，使他心中燃起了追求成功的炽烈火焰，他暗暗发誓，要像舞女那样永不放弃，全力以赴塑造崭新的银幕形象，做一名优秀的电影演员。

后来，青年人遇到了两位改写他命运的重要人物——一位是拍摄《非常线》时结识的名导演牧野雅裕，另一位是拍摄《森林与湖泊的节日》时认识的名导演内田吐梦。这两位经验丰富、造诣很深的导演，发现了他颇有潜质的个性，并对他进行了全新的塑造，使他对电影焕发出了更加炽烈的热忱。

就这样，在演艺这条道路上，青年人经历过无数次的挣扎、怀疑和退缩，随着对电影的一步步深入了解，在一群好导演的帮助下，在一些优秀演员的影响下，青年人渐渐发现了自己所具有的巨大潜质。他意识到，自己竟然开始不再排斥这份"戏子"的职业，甚至对电影产生了极大的热忱，生命中第一次想要听从缪斯女神的召唤，塑造真正有血有肉的艺术形象。站在镜头前，他的出发点从养家糊口变成了追求艺术。

在参加电影《加可万和铁》的拍摄中，青年人成功地饰演了北海道渔场船老板的儿子铁。感人至深的一个场景是，在一个寒冷的冬天里，气温降至零下十五六度，青年人饰演的铁只挂着一条六尺长的兜裆布只身跳进了大海，这种严酷的考验并没有让青年人感到退缩，他纵身跳入了大海，他自己也感到，如果没有追求艺术的欲望，光为了挣钱是拿不出勇气来的。

青年人陆续扮演了一系列“硬汉”形象，倾倒了成千上万的影迷，成为人们心中的偶像。

这位青年人就是大名鼎鼎的高仓健。

高仓健从不想当演员到成为国际巨星，给人一个深刻的启示：去爱不如意的职业，并全身心地投入其中，你就会一步步走向成功。

不要让你的才能迁就平淡的生活

独立开创一份事业肯定会有风险，但让自己的才能迁就平淡的生活也许才是最大的风险。

◎叶轻痕

戴尔·卡耐基曾干过许多工作，但都没有出色的表现。他到汽车公司推销汽车，工作依然没有调动起他的激情。他在推销时，只是像背书一般地把汽车的性能、价格、优点等说一遍。一天，一位老人来看车，卡耐基又把他常背的“汽车推销经”背了一遍，老人听完后说：“孩子，你这样推销，怎么能吸引顾客呢？”

老人的话让卡耐基受到了震动，他和老人攀谈起来，卡耐基告诉老人：“我也有自己的梦想，我想做一名作家，因为我有这方面的才能，但怎么也下不了决心。”

老人说：“为什么不去做呢？写作也是可以赚钱的。”老人一口气说出了好几位作家的名字，并列举了几本销量超过一百万册的图书。

“可是，老先生，我不敢放弃我的工作，虽然我干得很不出色，但这样的工作可以让我稳当地赚钱和生活。”卡耐基解释道。

“为什么你要让你的才能迁就平淡的生活呢？你应该从事能让你发挥才能的事业，虽然有风险，但如果你确实有这方面的能力，你又何愁不成功呢？至少你应该试试，否则你会抱憾终生的。”老人说。

老人的话让卡耐基茅塞顿开，是的，虽然辞了工作去开创新的事业会有风险，但如果自己确有某方面的才能，那一定会比从事那些并不喜欢的工作要更成功，何况写作确实可以赚大钱。后来，卡耐基以独特的见解、开放的教学方式授课，改革了成人教育方法，越来越多的人来听他的课，买他的书，卡耐基的才能得到了充分发挥。

我们不少人总会有才能没有得到发挥而一生平淡的感叹，其实这正是因为我们缺乏卡耐基那样的胆识。我们总喜欢过简单、没有风险的生活，而这往往是扼杀人们才能的一把利刃。独立开创一份事业肯定会有风险，但让自己的才能迁就平淡的生活也许才是最大的风险，因为不能发挥才能的工作尚能让你生活稳定，相信如果你在能够充分发挥才能的工作中一定会干得更好，不是吗？

向上总是对的

一千多年来，历史的潮流滚滚前行，不一直是向上向上吗？向上总是对的。

◎赵倡文

羊肠坂是古代太行山中连接河南与山西两地的交通要道。三国时曹操在北征高干路过这里时，曾写下千古名篇《苦寒行》：“北上太行山，艰哉何巍巍！羊肠坂诘屈，车轮为之摧……”一千多年过去了，羊肠坂还能记录下当年的艰难与烽烟吗？金秋十月，我和几个朋友一起步行探访羊肠坂。

早上出发，天空中飘着如雾般的细雨。当我们开始依据古代《沁阳县志》记载的羊肠坂遗迹登山时，大雾慢慢从山间弥漫开来，十米开外便不见了人影，仿佛给我们这次探访平添了几分神秘的意境。大家埋头向深山走了两个小时，不知谁说了声：“不对吧。羊肠坂应该是向上走的，我们现在转了几个山沟，感觉还是在同一个水平线上啊！”

大家决定向上走。路已经没有了，只得艰难穿行在荆棘丛中。又一个小时过去了，大家聚在一棵挂满红柿子的柿树下小憩。路到底该怎样走？有人想到了回去，可我们在大雾中已经找不到北了，大家不由紧张起来。我说：“我们应该没有走错，有柿子树，说明过去曾有人在这里耕种过；柿子没人摘，说明近些年这里人迹罕至。这里很可能就是我们要走的羊肠坂。”

我们又艰难地攀登着，大家的衣服都已被荆棘上的雨水湿透，可没人敢停下来歇息。忽然前面的同伴兴奋地喊了起来：“快听啊！前面有羊叫声！”大家加快脚步，果然“咩咩”声从大雾中隐约传出。

我们迎着声音走了过去，没多远，一个五六十岁的牧羊人出现在浓雾中，他吃惊地看着我们这些不速之客问道：“这么大的雾，你们怎么摸到这深山里边来了？”我们给他讲起了探访羊肠坂一路上的艰辛。我们的执着打动了牧羊人，他说：“几十年前，通往山西的公路一开通，羊肠坂就没人再走了，半山腰中的羊肠坂早就没了，不过，山顶上还有一段保留下来的羊肠坂。你们能摸到这里真的不容易，我带你们上山。”

在牧羊人的指引下，我们找到了真正的羊肠坂。小道依山崖而建，当年坂道上铺就的青石不时从杂草中映入眼帘。我们猛然发现，青石上都有圆形的坑。牧羊人说：“听老人们讲，这坑是负重的骡马长年累月向上攀登时踩出来的。”我不禁问道：“难道骡马都非要踩在同一个地方吗？”牧羊人看了看我说：“今天是大雾，你看不出身边的悬崖有多深，这窄窄向上的坂道，容不得人有任何的闪失，更别说是驮东西的骡马了，如果它们不按这蹄印走，一个趔趄就会摔个粉身碎骨。咱们往前走，前面还有更多的古迹。”

当我们走到清同治初年镌刻在坂道旁山体上的“古羊肠坂”

四个一米见方的大字时，大家纷纷掏出相机，把它与自己定格在一起。牧羊人说：“前面不远处就是河南与山西交界处的碗子城了，过了碗子城没多远就是山西的碗城村。”果然，又向前三百米许，一个破落的城堡从浓雾中钻出。我们站在城堡之上，尽情享受着一脚踏两省的快感。

兴奋过后，我们纷纷拉着牧羊人的手感谢他的指引，牧羊人不好意思起来，说：“其实没我你们也能走到这里。上山嘛，只要向上总是对的。”

听着牧羊人充满哲理的话，大家都静了下来。我又重新站在碗子城上，怀古思今。一千多年来，历史的潮流滚滚前行，不一直是向上向上吗？回想今天一路的艰辛，我们不停地攀爬，不也一直是向上向上吗？

“向上总是对的”，这大概就是我今天探访羊肠坂最大的收获。

习　惯

一个成功的人晓得如何培养好的习惯来代替坏的习惯，当好的习惯积累多了，自然会有一个好的人生。

◎刘亚妮

父子俩住山上，每天都要赶牛车下山卖柴。老父较有经验，坐镇驾车。山路崎岖，弯道特多，儿子眼神较好，总是在要转弯时提醒道："爹，转弯啦！"有一次父亲因病没有下山，儿子一人驾车。到了弯道，牛怎么也不肯转弯，儿子用尽各种方法，下车又推又拉，用青草诱之，牛一动不动。到底是怎么回事？儿子百思不得其解。最后只有一个办法了，他左右看看无人，贴近牛的耳朵大声叫道："爹，转弯啦！"牛应声而动。

牛用条件反射的方式活着，而人则以习惯生活。一个成功的人晓得如何培养好的习惯来代替坏的习惯，当好的习惯积累多了，自然会有一个好的人生。

老茧做证

勤奋虽然不能保证一个人必定成功，但懒惰却必定与成功无缘。

◎蒋光宇

1904年，原一平出生于日本长野县。二十三岁时，他离开长野县到东京谋生。三十岁时，他步入明治保险公司，成为一名“见习业务员”。

1936年，大家对年仅三十二岁的原一平刮目相看了，因为他创下了全日本同行业销售业绩的第一名。三十六岁时，他被誉为日本的推销之神，成为全日本人寿保险推销员协会的会长。他因对日本寿险的卓越贡献，获得了日本政府颁发的人寿保险最高殊荣奖，并且成为美国百万圆桌协会的终身会员。

在一次大型演讲会上，台下有数千人静静地等待着原一平的到来，渴望能聆听到他获得成功的秘诀。十分钟之后，原一平终于来到了会场。他走上讲台，坐在椅子上，但一句话也不说。半个小时过去了，有人等得不耐烦了，陆陆续续地离开了会场。一个小时过去了，他仍然坐在椅子上，还是一句话也不说。会场上的大部分人已经走了，只剩下了十几个人。

此时，原一平终于开口说话了。他说：“你们是一群求知欲和忍耐力最强的人，我愿意同你们一起分享我成功的秘诀。但不是在这里，而是在我住的宾馆。”于是，十几个人都跟着他前往宾馆。

到了宾馆的房间后，原一平脱下外套，脱掉鞋子，坐在床上，把袜子也脱了，然后把自己的脚板亮给十几个人看。人们看到，原一平的双脚布满了老茧，有厚厚的三层。原一平说：“这就是我成功的秘诀。所谓的推销之神，其实是靠勤奋跑出来的。”

美国著名的作家和演讲家莱斯 · 布朗先生，也曾用自己的老茧向别人介绍成功的秘诀。

在一次演讲会上有人问他：“众所周知，如今您的演讲酬金高达每小时两万美元。您演讲成功的秘诀是什么呢？”

他指了指左耳上厚厚的老茧，语重心长地说：“我初涉演讲界时，一没名气，二没资历，更缺乏个人魅力和经验。可我决心在这个领域里干出点名堂来，不达目的决不罢休。于是，我一天到晚不断地给演讲界的众多名人打电话，虚心向他们学习演讲技能，请求他们帮助联系演讲业务。成名初期，我每天至少打一百多个电话，请求各位老师给我机会到他们那里讲演，以便接受他们的指导……这个老茧就是我成功的见证和记录。”

原一平和莱斯 · 布朗先生都告诫渴望知道他们成功秘诀的人：无论时代怎样发展，无论社会怎样进步，勤奋永远都是任何成功人士所必备的品质。勤奋，自然会让人感到很辛苦，甚至会很痛苦，但是，如果把工作变成可爱的事业，也就苦中有乐了。勤奋虽然不能保证一个人必定成功，但懒惰却必定与成功无缘。

泥塑匠人

没有这一年的工夫，我能在一个多钟头的时间里塑出来吗？这就是所谓台上一分钟，台下十年功呀！

◎吴忠平

一个骑兵军官，在一次战斗中阵亡。父亲十分伤心，思念他时，就拿出一张照片看，照片上儿子身着戎装，骑在一匹飞奔的战马上，一手握缰绳，一手高举马刀，非常威武雄壮……

当地有个有名的泥塑匠人，父亲有钱，便请他来，叫他照着照片塑一尊像，准备摆在案头上。

泥塑匠人说，一时塑不好，至少要花一年时间，工钱要一千五百两银子。

父亲二话没说，把照片交给他，按他说的办。

一晃，一年时间到了。父亲正要派人去取塑像，他却来了，背来一袋捶揉好的泥团，带来几件简单的工具。

父亲惊讶，便问，一年了，你怎么还没动手？

泥塑匠人朝他微微一笑，恭敬地说："莫急，莫急，马上就塑。"

泥塑匠人掏出泥团，看着照片就开始塑。灵巧、熟练、智慧的双手，仅花一个多钟头就塑好了。人和马都塑得活灵活现，形神兼备，栩栩如生，令父亲赞叹不已。

然而，在赞叹之余，父亲冲泥塑匠人板起面孔说："你在欺骗我，你说要花费一年时间，实际上你只花了一个多钟头，而要收我一千五百两银子！"

泥塑匠人没做辩解，只淡淡地说："请到我作坊里看看再说吧。"

父亲跟着他去，到那里，他打开作坊的门，里面一层层架子上，摆满了一尊尊塑像，全是他儿子骑着战马的塑像。

泥塑匠人说："你看到了，这是我花费一年工夫塑的，没有这一年的工夫，我能在一个多钟头的时间里塑出来吗？这就是所谓台上一分钟，台下十年功呀！"

父亲敬佩，如数付了酬金。

烧好自己的火

不要因为听到别人的掌声就驻足陶醉，也不要因为遭遇他人的冷漠而放弃自己的“炉灶”。

◎吕　华

有一个担水的僧人，长得五大三粗，膀阔腰圆。由于他脚力好，力气也比常人大，所以，即使他一人担着四桶水，也面不红，气不喘。众僧见了，都忍不住对他竖起拇指，称其“神力”。

和他住在一个禅房里的，是一个烧火的僧人。相比之下，他就长得文弱多了，像根豆芽菜，似乎一阵风就能把他吹倒。众僧经常拿二人作比，多取笑烧火僧的“肩不能担，手不能提”。

对众僧的褒贬，烧火僧表现得似乎很“鸵鸟”。既不见他与众僧辩驳，也不见他偷偷地练体力，以证明大家的看法是错的。他每天总是像往常一样烧着自己的火。

这天，担水僧按捺不住心中的疑惑，向烧火僧问道：“你怎能任人家取笑，还能安心在这里烧火呢？”

“我自知身体单薄，不是担水的材料，还是烧好自己的火为好。”

担水僧有些生气地说：“你怎么能妄自菲薄呢！你应该证明给他们看，你并不比别人差。从今天起，你和我一起担水！”

“这并不是妄自菲薄，”烧火僧笑着摇了摇头，“因为在我眼里，能烧火和能担水是一样的。”

这话听起来，担水僧觉得像是在侮辱自己。

觉察到担水僧的异色，烧火僧解释道：“担水需要好的体力和平衡力，烧火何尝不需要对火候的敏锐感觉和把握呢？众人夸你，是注意到了你的存在，但我不能因为人家没注意到我，就放弃烧自己的火。其实，在修行的路上，你我离佛祖都一样近，一样远，没什么可褒贬的。”

听了烧火僧的话，担水僧有些惭愧，说道：“原本想点醒你，没想到反而被你点醒了。”

从此，当有人再比较二人时，担水僧就会把这番话讲给那人听。久之，僧人们都开始专心做好自己的功课，不再互比短长了。

我们总是太容易受外界的干扰，动摇自己的坚持；总是太在意别人的目光，而不相信自己的选择，最终把自己束缚在别人的路上。

其实，距离成功，我们每个人都是一样近，一样远。不要因为听到别人的掌声就驻足陶醉，也不要因为遭遇他人的冷漠而放弃自己的“炉灶”，当别人因担水而成功的时候，你又怎知，明天，你不会因烧火而优秀？

从一个纸板开始

关紧大门的同时，也把自己关在了门的另一边。

◎大爱无痕

他爱好写作，喜欢安静，有点书生气，结婚后还一直不知道挣钱养家。

无奈之下，父亲在挨着国道的一个废弃的闲院子里，给他找了个看厕所的活儿，希望他一边看厕所一边写作，好歹挣点钱。

国道上人来人往，很少有人停下来休息，所以他的厕所生意极为冷清。

偶尔有骑车路过的人内急，或者附近工厂里出来游逛的工人需要方便了，才来他的厕所里方便。所以，尽管有生意做，但他还是几乎不能养活自己。

尽管他每天把厕所打扫得干干净净，效益依然没有什么改观。

有天早上，他站在闲置的院子里发呆，忽然拿起一个纸板，写上了“免费停车”的字样，放到路边。

傍晚的时候，还真有停下来的司机问咋回事。

他就笑着说：“院子里停车不收费，但你上厕所要交钱。”司机爽快地答应了，笑他冒傻气。

渐渐地，在路上跑的司机都知道这里有个傻乎乎的厕所作家，人老实脾气也不错，就乐意帮助他，院里逐渐停了很多车。好在院子足够大，不怕车多。

没事的时候，他就拿起水盆和墩布，给司机洗车，也是免费的。

因为人越来越多，他的厕所生意好了，他心情高兴，乐意做点额外付出。

司机们再上路前，总要给他鸣喇叭，表示谢意。

洗车不收钱，停车不收钱，司机们过意不去，就送点车上拉的小玩意儿。后来他干脆敞开院子门，让当地人也能来做买卖，这样，司机们晚上停车再买什么东西就方便多了，做买卖的人也渐渐多了起来。每到晚上，卖吃的、日用品的，一应俱全。

国道上的车，南来北往的都有，于是有人就要求司机下次来的时候捎点需要的小货物，天长日久，院子里白天也开始有人了，小院子俨然成了个小集贸市场。有人找上门来，希望在这里开饭店，他也同意了。不过这些摊贩和饭店都是收租金的。

厕所，也从这时候开始免费开放。

看着大家忙忙碌碌的样子，他高兴地笑了。

后来，他索性放弃了写作，认真地管理起这个大院来。再后来，他干脆还买了许多相邻的土地，扩大了规模。

如今，这里已经是小商品集散地。人潮涌动，商业繁荣，他成了远近闻名的大富翁。有人找他寻觅致富的法宝，他说得很简单：

“只是当初写了一个纸板。”

当初他写下纸板时，只是希望自己的厕所能收益好，然后可以安心写作，没想到，他预想的成功没有来，却成就了另一番事业。

生活中，很多成功，就是这样偏离方向，取得非凡业绩的。刚开始想着一步一步实现自己当作家的梦想时，他为了梦想，不管不顾，敞开胸怀，来者不拒，什么方式都可以接受。而很多人，为了急于实现梦想，总会设置许多障碍，把别人阻挡在门外。殊不知，关紧大门的同时，也把自己关在了门的另一边。

行走世间

散步、快走、跑步、奔跑……读书、钓鱼、射箭、经商……千万种的生活状态，我们以万千的方式回应时光的眼眸。我们是世间的行者，行走是我们的使命。无论路途阳光、泥泞，欢笑、悲苦，我们都应一往无前，不放弃最后一丝希望，在每一段路的终点收获我们独一无二的柳暗花明……

时刻带着你的鱼篓

鱼只属于时刻带着鱼篓的人，而机会，也
永远只属于时刻做好准备的人。

◎陈亦权

张音娉是一个非常快乐而甜美的女孩子，大学毕业后，她来到美国从事市场行销工作。

随着时间的推移，张音娉渐渐对这种单纯的市场行销工作失去了热情，她在心里开始渴望能涉足国际期货市场。但是，张音娉对此了解得并不多，要想涉足人才济济的国际期货市场，简直是一件不太可能的事情！

有一次，张音娉在结束了一天的工作回到住所后，像往常一样拿起书本来打发时光，她从书上看到了这样一个不起眼的小故事：“一位特别想吃鱼的贫穷老人，既没有钱买鱼又没有足够的体力去捕鱼，让人奇怪的是，他每天清晨去河边散步时都会带上一只鱼篓，尽管所有人都笑他太愚蠢了，但他还是一直保持着这个习惯。终于有一天，他像往常一样去河边散步，发现河边竟然有几条大鱼搁浅了。原来在前一天夜里，上游突然截水，于是河面的水位迅速下降，有三条大鱼被搁浅在一个浅滩里，于是老人就用这只在别人看来完全是多余的鱼篓，把那三条鱼带了回来。”

看了这则故事以后，张音娉明白了一个道理，要想捡到鱼，必须时时刻刻都带着鱼篓，哪怕是在散步的时候！

从那以后，张音娉就开始买了大量关于国际期货市场的书籍，见缝插针地利用时间学习起来。世上无难事，只怕有心人！转眼两年过去了，在这两年时间里，她在勤奋的学习中掌握了丰富的国际期货市场的知识。

2003年，张音娉无意中看到了当时任荷兰银行国际期货市场总裁扎尔瓦罗先生的一则招聘启事，扎尔瓦罗先生正在寻找一位行政助理。抱着试试看的心态，张音娉从曼哈顿来到了纽约参加了面试。非常幸运的是，张音娉被选中了。

成为扎尔瓦罗先生的行政助理后，张音娉又逐渐意识到，如果不想一辈子做这份工作，就需要拥有其他技能，于是她又开始利用业余时间，考取了在金融行业工作必须持有的执照与证书。也正是因为有了这些资本，加上她跟随扎尔瓦罗先生后的努力工作，从行政助理开始一直做到了现在美国纽约期交所亚洲部总监，成为一位在华尔街屈指可数的华裔成功女性。

有不少人认为张音娉的成功是因为遇到了扎尔瓦罗先生，对此，张音娉曾笑着说过这样一句话：“能碰见鱼固然重要，但更重要的是一个人是不是时刻都带着他的鱼篓！”

不错，鱼只属于时刻带着鱼篓的人，而机会，也永远只属于时刻做好准备的人。

你的人脉价值百万

为人处世是一门大学问，要与人为善，乐善好施，构造和谐友善的人际关系，你就会有贵人相助，就会如鱼得水，左右逢源。

◎崔鹤同

“打工皇帝”唐骏，1994年刚进微软时，只是一个写代码、编软件的普通工程师。那时微软总部里大部分的员工是美国当地人。他们家庭观念很重，只是把上班看作赚钱的方式，工作之余极少和同事交朋友，几乎没有任何往来。唐骏感到有些不可理解，决定按自己的习惯处理与同事的关系。对于那些曾经在工作上帮助过自己的同事，逢年过节，他都会发邮件给他们表示感谢和祝福。这样的举手之劳看似微不足道，却在人际关系比较淡漠的微软里给别人留下了难忘的印象。

劳丽·罗娜特是总部的一位部门经理，和唐骏级别相同，但唐骏的团队只有二十多人，而她的团队却有一百多人。当时，他们两人的团队在工作上有很多合作，她给予唐骏的部门相当大的支持。唐骏发现罗娜特工作十分努力，也十分能干，于是由衷地向公司上级写了一封表扬信，因此罗娜特得到了应有的提升。而且，每过一段时间，唐骏都会给她发邮件问候："我的部门之所以会有今天的成就，要感谢你对我们的帮助……"

后来，在公司内部错综复杂的矛盾中，罗娜特不幸一下子从经理变成了一个普普通通的员工。此时，周围的人都纷纷离她而去，她变得形单影只，午餐时也变成了孤零零一个人，往日被人前呼后拥的场面不复存在。真应了中国的老话"人走茶凉"，她人没有走，茶却已经凉了。

但是唐骏没有忘记她，还是跟以前一样，逢年过节时继续给她发去问候的卡片，不断地和她进行交流。他心想，人家过去在工作中帮助过自己，人不能忘本，不能太势利。

过了一段时间，事态发生了有趣的变化。当初罗娜特是从IBM跳槽来的。她原来在IBM时的顶头上司此时也被微软挖过来了，并当上了公司的高级副总裁。她因此一下子升任高级副总监，管理一个三百多人的大团队。这时，许多人又围着她转了起来。但唐骏还是跟以前一样，对她保持原来的友好状态。他不会因为职位的升与降来决定人际关系的近和疏。

1997年夏，微软决定在上海建立全球第五个"技术支持中心"，为包括中国大陆、香港和台湾地区在内的大中华区微软产品用户提供技术支持服务。总部为此张榜在公司内外公开招聘总经理，全球有1.8万人报了名。唐骏对此没有过多的兴趣和奢望，也就没有报名应征。一圈面试下来，由于公司评委们对应聘者都不满意，作为评委之一的罗娜特女士忽然想到了他，于是她全力推荐，并相信他有足够的能力担当这个重任，建议公司对他做一次全面的考评。评委们一致同意给唐骏面试的机会。

后来，唐骏顺利地通过了八轮面试，脱颖而出，成了微软大中华区技术支持中心的负责人。

唐骏凭什么从一个总部的普通部门经理，一下子成为微软一家海外机构的总经理。显然，与罗娜特女士的大力支持是分不开的。而唐骏对罗娜特的帮助永怀感恩之心，而且无论罗娜特的境遇如何，他总是一如既往地与之友好相处。所以，唐骏的成功在于以诚待人。为人处世，是一门大学问，要与人为善，乐善好施，构造和谐友善的人际关系，你就会有贵人相助，就会如鱼得水，左右逢源。须知，你的人脉价值百万。

盘前无人

当我们明白了自己生活的支撑是什么，追求的目标是什么，就不必在意别人的议论，而是全身心地追求自己的目标。

◎姜仲华

1997年8月，韩国棋手徐奉洙在第五届真露杯世界围棋擂台赛上，连胜九名中、日一流棋手，在棋坛引起强大的震撼。在一次比赛中九连胜，且对手全是一流棋手，在围棋界前所未有。

赛后，记者采访徐奉洙九段，问："过去的比赛证明，棋手越在重大比赛中，越难保持平常心，难以正常发挥。你为什么能够发挥得这样出色？"

徐奉洙沉吟了片刻，回答："应该说，我达到了'盘前无人'的状态。"

"盘前无人"！这四个字有一股凌厉的杀气，使人想到武林高手对决，双眼全神贯注地盯着对面的剑尖，而不是对手。这时候，他眼中没有对手，所以，既不会为对手是顶尖高手而气短，也不会因对手是无名小卒而懈怠，更不会为旁观者的议论而心乱。这时候，他能发挥出自己最高的水平。

盘前无人，是奋斗者的最佳状态，是一种酣畅淋漓的体验，每个在自己领域取得突出成就者，都有这种体验。

京剧大师梅兰芳是个很谦恭的人，见人十分和气，毫无名角架子。可是当他一穿上戏装，就立刻变得“目中无人”，看人的眼神是直的，别人和他打招呼，他也不回应，因为他已经提前入戏，全身心都在戏中，人与角色融为一体。

著名作家二月河谈自己的创作体会时说，作家在写作时一定要“目中无人”，提起笔来，老子天下第一；放下笔后，小子天下老末。他就是以这种状态，在历史帝王小说方面独步天下，无人可及。

唐代草书大师怀素创作时，“忽然绝叫三五声，满壁纵横千万字”，他的草书天机纵横，成为千古经典；“亚洲飞人”刘翔曾说，“在比赛中，我只盯着前方，使出全力奔跑，从不看旁边的人。”

《庄子》上有个“梓庆削木”的故事，也是说的这个道理。梓庆能削刻木头，做成以后，看见的人无不惊叹好像是鬼神的功夫。鲁侯见到便问他，说：“你用什么办法做成的呢？”梓庆回答道：“我是个做工的人，哪会有什么特别高明的技术。虽说如此，我还是有一种本事。我准备做时，从不敢随便耗费精神，必定斋戒来静养心思。斋戒三天，不再怀有庆贺、赏赐、获取爵位和俸禄的思想；斋戒五天，不再心存非议、夸誉、技巧或笨拙的杂念；斋戒七天，已不为外物所动，仿佛忘掉了自己的四肢和形体。正当这个时候，我没有上朝拜见的任务，智巧专一而外界的扰乱全都消失。然后我便进入山林，观察各种木料的质地，选择好外形与体态最与之相合的，这时业已形成的形象便呈现于我的眼前，然后动手加工制作。不是这样，我就停止不做。”

梓庆削木，其实就做到了“盘前无人”。

盘前有人还是无人，对事业的影响极大。1991年8月第四届富士通杯世界围棋赛决赛在即，双方是中国的钱宇平、日本的赵治勋。当时，中国围棋还没有得过世界冠军，即使是聂卫平也只获得两次世界亚军。这次大赛，在聂卫平失利的情况下，天才棋手二十四岁的钱宇平九段一路胜了多名日、韩高手，势不可当，杀进决赛。没想到，决赛前钱宇平以“头疼”为由放弃了比赛，舆论哗然。几年后，钱宇平终于说出了真相，他说，“头疼”是个借口，真正的原因是在他的头脑里一直有一种感觉：一想到输了棋，脑海里就会浮现很多副面孔，全是嘲笑的、蔑视的面孔。所以，他不敢参加比赛了。

以他的实力完全可以获得这个冠军，可是，他弃权了，令人扼腕。盘前有人，是他失败的根源。

盘前无人，其实是高度自信，全神贯注，心无旁骛。若做不到这一点，就会常有人影在眼前晃动，就很难聚精会神，无法轻装上阵。固然工作也能应付，考试也可过关，事业也能小进，但绝成不了大师、巨匠、名家。

其实，人类各个领域的每次发展和进步，都受到过怀疑甚至阻挠，每个划时代的发明创造，都遇到过非议和嘲讽。瓦特在河上试验蒸汽机的时候，河两岸的人，无不在嘲笑他，但是瓦特不为所动。他的发明，使人类社会进入了“蒸汽时代”。若瓦特也“盘前有人”，人类历史的进程将会改写。

人生是个追求、探索的过程。当我们明白了自己生活的支撑是什么，追求的目标是什么，就不必在意别人的议论，而是全身心地追求自己的目标。这时候，“盘前无人”的你，将全部精力凝聚到一个点上，这离成功还远吗?

刘国梁的“折磨说”

在人生的路上没有什么捷径可走，也没有什么便宜可占，只有实实在在付出自己的辛劳、汗水，才会有沉甸甸的收获。

◎冯道常

2010莫斯科世乒赛，中国男子乒乓球队勇夺冠军，实现了五连冠的壮举。凯旋后，刘国梁带领他的“五虎上将”做客中央电视台《成长》节目。当主持人要他用简单的一句话谈成长的体会时，他再次深情地说：“我要感谢折磨我的人和被我折磨的人。”在场的观众立刻报以掌声和笑声。人们知道，他说的折磨他的人就是他的恩师蔡振华，原中国乒乓球男队主教练。被他折磨的人是中国乒乓球男队队员。

刘国梁第一次说这话的时候是在2010年的1月，他被评为2009CCTV年度风云人物最佳教练，发表了感言。

是的，蔡振华“折磨”了他。无论是当乒乓球队员还是当主教练，他都被置于蔡振华的严格监管之下。蔡振华使他兢兢业业，不敢有一丝一毫的懈怠。诚如刘国梁所说：“正是有了师父的折磨、敲打、修理，我才有了今天。”他在各类赛事中取得一个又一个的成就，成为中国第一个乒坛大满贯得主，获得最佳教练的殊荣。

同样，刘国梁折磨了他的队员。就说这次莫斯科世乒赛，马琳在中国队对德国队的决赛中，在先失一局的情况下临危上阵，力克奥恰罗夫、波尔两位名将，为中国乒乓球男队最终夺取冠军拿下了至关重要的两分。但这位功勋人物当初在直通莫斯科选拔赛中并不顺利。刘国梁明言：在中国乒乓球队谁也不能吃老本。马琳虽然是奥运冠军，虽然是历经种种大赛，战绩辉煌的一位三十岁的老将，却必须和普通队员在一条起跑线上平等竞争。第一次选拔赛，马琳失利了，第二次失利了，第三次又失利了，直到第五次他才搭上了末班车。

可以说，正是这样的磨砺，才使马琳宝刀不老，并且具备了特别能战斗的抗压能力，在关键时刻表现出大将风范，既铸就了中国乒乓球男队集体的荣耀，也续写了他个人职业生涯中极为精彩的一章。

“自古英雄多磨难，从来纨绔少伟男。”在人生的路上没有什么捷径可走， 也没有什么便宜可占，只有实实在在付出自己的辛劳、汗水，才会有沉甸甸的收获。从一定意义上说，经受折磨，其实是一个人的福分。

读书的女孩儿

耐心是一切聪明才智的基础。

◎宋尚明

楼下有一间地下室，住着一个女孩儿，是某经济学院毕业的，大学毕业后找工作，正好遇到金融危机，工作不好找，只好应聘到一家保险公司工作。

她考过公务员，试过各种各样的银行招聘，虽然她考的分数都很高，有的还过了面试第二关，但都由于各种原因最终没能考上。

我开始为这个女孩儿担心，常用贴心的话安慰她，并想着办法给她各种鼓励。她是一个喜欢读书的女孩儿，有时候看到她下班，手里提着一个大大的方格包，包里塞的全是书，看得出那是些学习资料。眼下喜欢读书的女孩儿不多见了。有些女孩儿走出校门基本上与书脱离了关系，忙着找工作，谈恋爱。而跟前这个女孩儿，却总是一个人独来独往，与书为伴，安静如水。

一天，她上楼来和我说："阿姨，我要走了。"我问她："到哪里去？"她说，前些日子她考研了，这是第二次考研，学校已经来通知，她考上了。她选择的还是经济类研究生，她说她一直在等待这一天，她很喜欢这个专业。

尽管她表现得十分轻松，其实我知道，一年来，她何止是等，还有更多的日子她是在熬。每天繁重的工作结束后，她要学习到很晚，城市的喧嚣惊动不了她，她也不去逛商场，不追求潮流和时尚，她的时间都用在学习上了。

女孩儿临走给我几本书，我接过书很惊讶，原来那是她专门为我买的散文集。是因为我平常约她来小坐，偶尔吃顿晚饭使她过意不去吧？还是那几次，在她心情不好时，我把她叫进家，彻夜陪着她？或许，她本来就是一个热爱读书的女孩儿，这样，我们也算是有共同的爱好。

有一本书收录了我的一篇文章，她给我时说了这样的话："您有一份好工作，衣食无忧，还在不停地学习、写作，我一个刚毕业的学生，有什么资格一天天虚度年华呢？"《基度山恩仇记》最后讲"等待希望"，人类的一切智慧都包含在这四个字里。女孩儿说，她终于"等"来了希望。

"等待希望"，不是仅仅一个"等"字就可以成全，等待还需要耐心，耐心是希望达成的先决条件，卧薪尝胆是一种耐心，枕戈待旦也是一种耐心，冷静思考更是一种耐心。古希腊学者柏拉图曾说："耐心是一切聪明才智的基础。"

法国作家布封也有一句格言："天才即耐心。"耐心是对环境以及一切压力的挑战，能使人们在逆境中重拾破碎的理想，继续往前迈进，让生命绽放出灿烂的光辉。

无数次失败后等于成功

最后的成功总是由前面无数次的失败累积而成。

◎三点水

廖容典是美国一家国际投资顾问公司总裁，他曾有一个非常著名的百分比定律。

这个定律说：假如你会见了十位顾客，只在最后一位顾客处获得了二百元的订单，那么，你应该如何看待前九次的失败与拒绝呢？

廖总进一步解释说："请记住，你之所以赚二百元，是因为你会见了十位顾客，而不是第十位顾客。每位顾客都让你赚了200／10=20元。因此，每次拒绝的收入是二十元。所以，当你被拒绝时，你应该面带微笑，给顾客敬礼，因为他让你赚了二十元。"

日本日产汽车推销之王奥城良治也有类似的说法。

他从一本汽车杂志上看到，据统计，日本汽车推销员拜访顾客的成功率是三十分之一，换言之，在拜访的三十名顾客中，就会有一个人买车。此项信息令他兴奋不已。

他明白，只要锲而不舍地连续拜访二十九位后，第三十位就是买家了。最重要的是，他认为不但要感谢第三十位买主，而且对先前的二十九位更应该感谢，因为，假如没有前面的二十九次挫折，怎么会有第三十次的成功呢？

的确，一块岩石，在铁锤九十九次猛烈地敲打下，依然纹丝不动，第一百次的撞击，终于使它轰然裂开……你会认为仅仅是靠这最后一击吗？当然不是！

你肚子很饿，买了五块面包，当你吃完第五块的时候，你发觉饱了。你会不会这样想呢：早知如此，前面的四块面包就不用买了。当然也不能！

面对人生中的所有挫折与拒绝，我想，我们每个人都应以一种良好的心态去面对，并时常加以感谢，只有如此，我们每一步的付出才会有所收获。因为，最后的成功总是由前面无数次的失败累积而成。这便是“廖容典百分比定律”告诉我们的道理。

把鞋子扔过栅栏

人生的紧要关口，那些装满了理想和希望的鞋子，正在等待着拾“麦穗”者的抉择。

◎禹正平

认识他是在一个知青聚会的饭局上。

当时，大家众星捧月般围住他讨要成功的秘籍。其实，刚步入社会时，他和大家一样上山下乡，接受贫下中农的再教育；在知青大返城的洪流中，他同样被一浪打进一家国营厂子里当工人。所不同的是，改革开放之初，他不安于现状，是全县第一个辞去公职，裸身下海去广东捞世界的人。经过三十来年的商海打拼，如今，他是广州制鞋业的龙头老大，净资产超过一个亿。

酒至半酣，他娓娓给我们讲了一件他亲历的事：“那年我在乡下，一群小男孩儿要经过一片栅栏拦路的另一边拾麦穗，由于栅栏很高，虽然他们一再努力，却还是没能跨过去。我在旁边见证了他们的失败和努力，正在我为他们陆续离开栅栏而感到遗憾时，不料，一个不起眼的小男孩儿却留了下来，做出一个令我一生难忘的举措，他把自己的鞋子脱下来，用力扔过栅栏，然后，一个人继续努力地试着跨过去。我觉得不可思议，弄不明白为什么小男孩儿明知难以跨过栅栏，却还是把自己的鞋子扔过去，便问小男孩儿原因。小男孩儿说，如果我的鞋子在栅栏的那边，无论如何我不能放弃，因为我没有退路，必须不断地努力，想办法到栅栏的那边捡起我的鞋子。最后，小男孩儿终于如愿以偿地跨过栅栏，拾他的麦穗去了。”

故事讲到这里，大家似乎省悟到什么，整个饭局静了下来。这时，有人进一步提问：“这和你今天的成功有多大关系？”

他接着说：“关系可大了，在进入商海之前，我就像是国营厂子栅栏里的那个小男孩儿，面对外面‘麦穗’的诱惑，辞去公职，不留退路，将理想和希望的鞋子义无反顾地扔过栅栏。今天，我辞职的那个厂子早已倒闭，工人下岗，他们靠领取微薄的失业金维持生计。”

人生的紧要关口，那些装满了理想和希望的鞋子，正在等待着拾“麦穗”者的抉择，把鞋子扔过栅栏，便迈开了人生新的脚步，一旦坐失，机会将永不再来。

纯粹的人成功

纯粹的人开心，纯粹的人成功。

◎朱吉红

她自幼长得漂亮，聪明乖巧，爱唱爱跳，有艺术天分。两三岁时，自己就对着家里的大镜子扭屁股，扭得还挺好看，挺有节奏感，被父母视为掌上明珠。

母亲那时候觉得她身体瘦小，跳舞能锻炼身体，更难得她自己也喜欢。于是，在她五岁那年，母亲给她报名参加了一个音乐舞蹈班，她小小年纪就学会了弹钢琴、跳芭蕾舞。十一岁还代表上海东方小伙伴艺术团出访英国、美国、日本等。

幸福的时光总是短暂的，后来因为父母没完没了地争吵，家里的宁静与和谐被打破，女儿的眼泪没能弥合他们感情的裂痕，她十二岁那年父母离异。小小的她好像一夜之间判若两人，原来笑意洋溢在脸上的阳光少女变得沉默寡言，常常一个人在阳台上发呆。母亲看在眼里急在心头，却从不表露出对女儿的担忧，总是鼓励她："妈妈觉得你跳得最棒！"

十五岁那年，她考取了上海警备区文工团，成为一名正式舞蹈演员，每年都代表部队参加比赛，每年都能拿一个大奖。三年后，她从部队退伍了。那时的她作为一个艺术新人，前途一片茫然，她只知道人一生的机会不多，要好好把握。

机会总是青睐已做好准备的人。十九岁那年，电视剧《玉观音》的导演看中了她，让她饰演安心。这是一位饱经离婚、丧子磨难，爱情与亲情的纠葛、感情与理智冲突很多的角色。从未专业学过表演的她，为了演好这个角色，一天只睡三四个小时，用心揣摩每一个动作、每一个表情，导演让她哭十遍，她就真的哭十遍，将女警察安心演绎得美丽动人。该剧的热播让观众记住了那个兰花一般的安心，也记住了一个同安心一样有着清澈眼神的她。她说：“《玉观音》让我学会如何做准备工作，如何通过体验生活来入戏，也让我真正进入了表演这一行。演员不可能经历所有的生活，但必须进入角色，走进主人公的灵魂，比常人更敏感，更善于观察生活的细节，多看多听，光凭借自己的想象来表演，总有一天这种技巧会枯竭。”

后来，她在拍摄《风雨西关》的时候，很多场景都是在原始森林里拍的，又是暴晒又是蚊虫，可是她一点儿也不在乎，也不会抹什么防晒、防虫护肤品之类的。拍戏时，经常有爆炸之类的场面，她经常弄得一脸的灰尘、泥巴，也从不说什么。每天不管多晚下戏，都会把第二天的台词背熟。

纯粹的人开心，纯粹的人成功。她出道八年，演了十四部电视剧、七部电影，先后荣获二十多个国内、国际奖项。她就是孙俪，因出演电视剧《玉观音》一举成名，以不俗的演绎天赋和清丽脱俗的形象打动着观众，并收获越来越多的成功和希望。“拍戏就是工作，工作当然就要投入百分之百的努力，”她常说，“因为人纯粹一点儿，会比较容易得到幸福，就像向日葵，每天只要能对着太阳，就会很开心。”

不放弃最后一丝希望

机遇青睐执着的人，这类人即使是在最黑暗的夜晚，也会坚定信念信心满满地向前走，勇敢地穿越漫漫长夜，最终迎来阳光灿烂的日子。

◎书　剑

那一年，他应聘到一家汽车销售公司做汽车推销员，老板给了他一个月的试用期，一个月内如果他能推销出去汽车，就留用，如果不能，就被辞退。此后他便辛苦奔波，但一个月过去了，却一辆汽车也没有推销出去。第三十天的晚上，老板打算收回他的车钥匙，并告诉他明天不用再来了。但他说："还没有到晚上12点，所以今天还没有结束，我还有机会！"

于是，他就把汽车停在路边，坐在汽车里，等待着奇迹的发生。快到午夜的时候，有人轻叩车门，是一位卖锅的人，身上挂满了锅，向他推销锅。他就请这位卖锅人上车来取暖，并递上了热咖啡，两个人开始聊了起来。他问："如果我买了你的锅，接下来你会怎么做呢？"卖锅者说："继续赶路，卖下一个。"他又问："全部卖完了以后呢？"卖锅者说："回家再背几十口锅出来卖。”他继续问：“如果你想使自己的锅越卖越多，越卖越远，你怎么办？”卖锅者说：“那我就得考虑买部车，不过现在我买不起。”他们就这样聊着，越聊越开心，快到午夜12点的时候，卖锅者在他这订下了一部汽车，提货时间是5个月以后，留下的订金是一口锅的钱。因为有了这份订单，老板留下了他，从那以后，他继续努力推销，业绩不断增长。十五年间，他就卖出了一万多部汽车，创造了推销史上的奇迹，他就是被誉为世界上最伟大推销员的吉拉德。

有的人之所以成功，就是因为即使面对的是极其渺茫的希望，不到最后一刻，他也不会放手，而是死死抓住这点希望不放，在最后的坚持中赢来奇迹的出现。机遇青睐执着的人，这类人即使是在最黑暗的夜晚，也会坚定信念信心满满地向前走，勇敢地穿越漫漫长夜，最终迎来阳光灿烂的日子。

最好的绝技

敢于正视自己的错误，并懂得及时修正错误，这就是成功之道，这就是最好的绝技。

◎秦 湖

有一位玉雕大师，他的雕刻技艺十分了得。不管是多么难雕刻的玉石，只要到了他的手上，都能变得美妙绝伦。因此，他的作品深受人们的喜爱，而且价格不菲。

一个年轻人得知大师的美名后，不远千里来向大师学习玉雕技艺。大师见他很有诚心，便答应了。年轻人跟随大师学习了很多年，虽然他也掌握了不少的玉雕技术，但是他的作品始终没有大师的好看。因此他认为，大师只教给了他诸如下刀的力度、打磨的角度之类的一些基本东西，真正的绝技却始终不肯传授给他。

一天，大师给了他一块上好的玉，让他雕刻一只大龙虾。他在雕刻过程中，不小心下偏了一刀，留下一个难看的刀疤。年轻人吓得不知所措，去向大师请罪。大师接过玉件，很快就在刀疤处雕刻出一只活灵活现的小鱼来。整块玉也因为这条小鱼而变得熠熠生辉。

最后，大师意味深长地对他说：“其实，师父并没有什么特别的绝技。不论是雕刻还是做其他事情，谁都难免会出现失误。敢于正视自己的错误，并懂得及时修正错误，这就是成功之道，这就是最好的绝技呀。”

把经书拆开来背

人生之路就像背经书，很多时候，我们之所以感到困难不可逾越，成功无法企及，那是因为我们设立的目标太过遥远与宏大，故而产生了畏惧之感。

◎郝金红

南北朝时，普陀山上有两座寺院，一座叫南普陀寺，另一座叫北普陀寺。虽然同在一座山上，但两座寺院的境遇却完全不一样。南普陀寺终日冷冷清清，而北普陀寺却香客盈门。后来，有一个法号慧智的高僧来到南普陀寺当住持，为了弄清两家寺院的差距到底在哪里，他决定亲自去北普陀寺观察一番。

这天，慧智禅师打扮成香客的模样，来到北普陀寺。一进庙门，就见香客们进进出出，络绎不绝。进得大雄宝殿，僧人们正在做早课，背诵佛经。僧人们的诵经声，整齐划一，非常悦耳。这时，慧智禅师轻声问旁边一位小沙弥："小师父在这儿生活几年了？"小沙弥笑着告诉他："我才来半年时间！""哦，"慧智禅师点点头，他指了指那些背诵佛经的僧人说，"时间这么短，难怪方丈没让你和他们一样坐禅诵经呢！"

“其实我也会背佛经的！”小沙弥以为慧智禅师瞧不起自己，就有些急了。慧智禅师摇摇头：“你入寺不到半年的时间，就背熟了佛经，我不相信！”这下，小沙弥一把拉住了慧智禅师的衣服：“走，到外面去，我背给你听听！”两人来到一个寺外僻静的地方，小沙弥站在慧智禅师的面前，一字不差地背出了《阿弥陀经》。慧智禅师深为叹服：“小师父，在这么短的时间里，你是怎么背熟这本经书的呢？”看到慧智禅师露出赞叹的神色，小沙弥骄傲地挺了挺胸脯：“其实，这要归功于我们的住持慧丰法师。”原来，北普陀寺的住持慧丰法师教僧人们背佛经很有一套。他总是把厚厚的经卷一页页拆开，发给每个僧侣，要求他们在规定的期限内

背熟。于是，僧人们手中拿到的总是薄薄的一页纸，他们没有任何思想压力，轻而易举就背诵下来了。这样一页一页背过去，时间一长，整卷的经书也就全部能够背诵了。

人生之路就像背经书，很多时候，我们之所以感到困难不可逾越，成功无法企及，那是因为我们设立的目标太过遥远与宏大，故而产生了畏惧之感。但如果化整为零，将这些大目标分解成一个一个的、在短期内可以实现的小目标，然后各个击破，我们就能坚实有力地实现自己的大目标。

每个人离总统只有六个人的距离

你和任何一个陌生人之间所间隔的人不会超过六个。也就是说，最多通过六个人你就能够认识任何一个陌生人。

◎朱荣章

“每个人距总统只有六个人的距离”，这事您信吗？这事您得信。

1978年5月，北京电影学院开始招收“文革”后第一批本科生，包括摄影专业。进入北京电影学院深造是张艺谋梦寐以求的事情。可张艺谋已经二十八岁，而允许报名的年龄是不能超过二十二岁。怎么办？张艺谋没有放弃，他决定采用特别的方式来让别人认识自己的才华。几天后，张艺谋利用一次出差的机会来北京电影学院报名，并出示了自己多年积累精心准备的摄影作品集。招生老师对他的作品赞叹不已，并答应会向学院领导反映他的情况。一个月后，学院那边杳无音信。张艺谋觉得走正常报名这条路肯定不行了，必须要找知名的大人物来帮助自己。于是他托了亲戚找到了北京画家秦龙。在秦龙的帮助下见到了北京电影学院摄影系教授赵风玺。赵风玺推荐他报考北京广播学院摄影专业，即中国传媒大学的前身，谁知，也未能如愿。

一连碰了两次壁，张艺谋还是不愿打退堂鼓。他“擦”去了鼻尖上因碰“壁”而染上的“灰”，去北京电影学院西安报名点决定再搏一次。巧的是，主考官就是他先前找过的摄影系教授赵风玺。赵教授又与领导商量了几次，仍然未果。赵风玺教授很惋惜且很热心地将张艺谋推荐到西安电影制片厂。可是张艺谋的原工作单位只同意张艺谋报考而不同意张艺谋调离，希望再一次破灭。到了这一步，一般人会把辛苦下到这儿也就算“到此为止”了，可张艺谋不同于一般人的超强韧性表现了出来，他将寻找“大人物”的层次提高到了一个大台阶。他通过亲友辗转找到了著名画家黄永玉和北京电影学院副院长吴印咸，并通过他们将自己的作品和《求学信》一并转给了当时的文化部部长黄镇将军。与此同时，他将自己的作品集送到了老画家白雪石处。白先生同样认为张艺谋人才难得，便将其作品转交给时任文化部秘书长的著名漫画家华君武先生。华君武先生看到了张艺谋的作品后也大加赞赏，遂将张艺谋的作品集与电影学院婉拒其报考的“最终处理意见”一并汇报给黄镇部长。黄镇部长此时已知艺谋其人其事，于是亲自做了批复：允他入学深造。

张艺谋被他梦寐以求的北京电影学院破格录取，想想，虽曲折艰苦，但速度快速有效，不失为“成功之妙招”。或许有朋友会说：张艺谋的命太好了，他的亲戚中肯定有几个当大官的，不然怎么着了急能找见大人物？如我们这些平头百姓就是想找和有劲找，也没地方找这样见多识广的大人物，只能听天由命。再说，自己是那块料，早晚也会被人发现重见天日的。中国不是有“是金子总能闪光”和“伯乐相马”的老话吗？是的，在我们中间，平民百姓，毫无社会大关系的占绝大多数，但毫不否认“我们每个人距总统只有六个人的距离”的理论，我们不否认张艺谋家庭社会关系比我们有优势的地方，但不要否认他跟我们这些千千万万个平民百姓“没有大官关系”的一致性。至于“金子总能闪光”和坐等“伯乐相马”的消极思想，笔者是持反对态度。因为，自己是那“闪光的金子”，何时能重见天日？待有人在无意当中把自己挖出？或者待大自然的雨水冲刷？那只能是悠悠日月的事了，恐怕到那时，自己只能成为文物供考古人员研究，与自己现实的人生价值实现以及创富没有任何关系了。

有价值就要实现，有梦想就要成真，是猛龙就要过江。说心里话，我们心中有梦想的朋友，不是没努力，而是努力了没见效，就让自己连城的价值破灭了，让自己美丽的梦想之花早早枯萎了，让自己这条猛龙无奈龟缩了。在您不怕艰辛付出痛苦努力的时候，您是否想过“方法”二字？如今的时代再拘泥于古老的“愚公移山”式的笨办法，是不是太落伍了？不错，“愚公移山”的精神，我们到啥时代也绝对不能丢，“自信人生二百年，会当击水三千里”，但韧劲代替不了方法，精神总不是目的。这里问题的关键是让“自信”不能悬空，“会当”不能白说，要让它在坚实有效的方法指导下，变成快速的行动。不然，没有有效办法的快速行动只能磨碎我们的决心，破灭我们的希望，成功的目的变得遥不可及。

张艺谋成功的思路应当给予我们启迪。当然，利用这个思路快速实现自己梦想的还不仅仅是张艺谋一个人，例子还有很多很多，比如从“星光大道”走出来的阿宝、李玉刚、好哥、好弟、石头、凤凰传奇、王二妮等，都是利用“每个人离总统只有六个人的距离”的有效方法找到了实现自己美丽梦想平台的。那么，“每个人离总统只有六个人的距离”的说法有理论基础吗？回答是肯定的。“每个人离总统只有六个人的距离”是西方国家的一句谚语，在西方国家很流行，也很习以为常。1967年，美国哈佛大学一位著名的心理学家也提出了“六度分隔”的理论，他解释说：“你和任何一个陌生人之间所间隔的人不会超过六个。也就是说，最多通过六个人你就能够认识任何一个陌生人。”这个理论和这两段话的阐释，其实意思都是一样的。尤其是笔者推举这个理论，其目的并不是自己有困境非得去找大总统、大总理等大人物来给帮助解决，而是说做人与处世要讲有效方法，不可只顾低头拉车地使牛劲。因为，单靠自己踮起脚是做不成巨人的，要靠智慧讲方法。

因此，有志青年和有才华之士不必被眼前的困局所吓倒，更不必蛮干，只要讲求好的方法，没有办不成的事。

“神箭手”视力 0.1

面对人生的坎坷，只要我们能够坚守梦想刻苦努力，我们就能够超越苦难创造奇迹，最终让自己的梦想开花结果。

◎苇　笛

2012年7月27日，伦敦奥运会射箭比赛在罗德板球场正式打响。在个人资格赛中，韩国名将林东铉以总环数699环排名第一，这一成绩也刷新了由他自己所保持的696环的世界纪录。团体排名赛方面，林东铉率领队友毫无悬念地以2087环锁定榜首，这一成绩也刷新了由韩国队自己所保持的该项目的世界纪录。

一日内两破世界纪录，林东铉的水平可见一斑。事实上，作为韩国射箭队的领军人物，林东铉曾率韩国队勇夺雅典奥运会、北京奥运会男子射箭金牌，并且林东铉本人还四度获得世锦赛冠军。在射箭界，林东铉是举世公认的“神箭手”。

但你绝对想不到，这位百发百中的“神箭手”，视力只有0.1。

林东铉出生于1986年，十岁时开始练习射箭，很快就表现出过人的天赋。但在他十七岁时，他的视力突然急剧下降，下降到左眼

0.1；至于右眼，视力也好不到哪儿去，仅有0.2。从此，林东铉看书、看电脑都要戴眼镜。

近视之初，林东铉也曾戴着眼镜走上射箭场，但那种别扭的感觉让他无法忍受，于是他在射箭场上彻底抛弃了眼镜。

如此一来，许多人都觉得视力不好的林东铉再也无法从事射箭运动了。但对射箭运动的无比热爱，却让林东铉难以割舍心爱的弓和箭，于是，他坚持了下来。

因为近视，林东铉只能看到六米远的东西，一个视力正常的人可以看到六十米远；而在射箭场上，射手站立的位置距离靶心则有七十米远。这就意味着，在射箭场上，林东铉并不能看清靶心。实际上，他所能看到的，只是一团模糊的颜色，他所要做的，就是将箭射入靶子中央的黄色区域。在此方面，林东铉曾经说过，“射箭靠的是感觉，视力没有给我的射箭生涯带来任何麻烦。我也不愿意用手术来矫正视力。我所做的，就是眺望箭靶时区分颜色，然后等待裁判或观众的示意。”

为了获得那份最佳感觉，林东铉每天都要进行六七个小时高强度的反复训练，通过整个身体的感觉来控制射箭。过人的天赋再加上刻苦的努力，使得林东铉逐渐达到了“箭人合一”的境界。而他，也因此在国际赛场上屡创佳绩：2004年纽约世锦赛个人第二团体第一，2005年新德里亚锦赛个人第一团体第一，2007年莱比锡世锦赛个人第一团体第一……而在这一系列骄人战绩的背后，是他的视力只有0.1的残酷现实。

“神箭手”视力0.1，这一传奇令人震惊更令人敬佩。是啊，面对残酷的命运，林东铉没有屈服更没有放弃，而是凭借自己对射箭的强烈热爱与执着努力，不断战胜人生的挫折，创造了自己的辉煌。

其实，在追寻梦想的道路上，我们每个人都会不断地经受命运的打击，有人因此心灰意懒，有人因此转头而去；然而，面对人生的坎坷，只要我们能够坚守梦想刻苦努力，我们就能够超越苦难创造奇迹，最终让自己的梦想开花结果。

选择离成功最近的位置

选择离成功最近的位置，便可以摘到你梦想中的成功之花。

◎王　纯

在师范学校读书的时候，我们每学期都开设舞蹈课。经过一段时间的观察，大家都发现，舞蹈老师每堂课都会让第一排的同学站到前面，给同学们做示范，顺便纠正一些错误动作。所以，第一排就成了最“糟糕”的位置。因为大家都不专业，动作经常会做得不规范，会惹来同学们的哄笑。当众出糗的事发生过几回，同学们都开始躲开第一排，往后面站。

我从小动作协调能力就差，学舞蹈更是吃力。但新学期开始后，我没有站到后面，而是站在第一排离老师最近的位置。果然，舞蹈老师每次都会让我到前面跳。为了能够在同学老师面前展示最好的自己，我开始苦练舞蹈基本功。我还利用星期天的时候去找舞蹈老师辅导。经过一段时间的努力，我的动作协调能力提高了不少。上舞蹈课的时候，我非常用心，认真学习每一个动作。很快，我找到了状态。

其实，很多事一旦入了门，并不像想象的那么难。就这样，因为第一排的位置关系，我喜欢上了舞蹈，而且跳得还不错。工作后，我先是在小学任教，因为有舞蹈特长，孩子们都很喜欢我，我的工作也很顺利。

因为工作突出，领导把我调到中学工作。当时几个岗位供我选择，我没有丝毫犹豫，选择了最苦最累的班主任工作。我觉得自己年轻，多做些工作是一种磨砺，也能够让自己迅速成长起来。和我一同调来的几个同事却选择了比较清闲的工作，他们说等工作环境熟悉了再挑重担。

我的工作任务重，压力大，需要高度的责任心。我深深知道，在这样一个位置上，容不得我半点马虎。我埋下头来，虚心向老教师求教，刻苦钻研业务。领导们都夸我有事业心，学生们也被我的敬业精神感动了。一个学期以后，我的工作成绩突出，从众多新调来的同事中脱颖而出。而且，这些工作经历带给我丰富的经验，让我在以后的工作道路上得心应手。我认为，是我当初选了一个重要的位置，才给自己奠定了基础。

位置很重要，基础能够决定人生的走向。英国首相撒切尔夫人小时候，父亲教育她：永远坐在最前排。无论在什么时候，都要尽自己最大努力坐在最前排。所以她一直都是所在群体里最优秀的。她身上高贵脱俗的气质，自信优雅的笑容，使她拥有了持久的个人魅力。

生活中，总会有一些位置让我们选择。那些位置，远远近近，各不相同。但是，总会有一个位置，离成功最近。选择离成功最近的位置，便可以摘到你梦想中的成功之花。

别人忽略的就是机会

我只不过抓住了别人忽略掉的机会。

◎裴庆美

她下岗了。下岗后，为了维持生计，她在市场一角租了摊位，卖起了蔬菜。

卖菜的空当儿，她也不肯闲着，她把自己的菜收拾得跟她自己一样干干净净。她卖的菜没有烂叶，没有泥土，水灵灵，精精神神的。虽然她的菜摊地处偏僻，但这丝毫不影响她的生意，她的菜总能早早卖完。

在她摊位对面，有一个专搞蔬菜批发的小伙子。她有时也批发小伙子的菜，一来二去的，她和小伙子熟稔了。小伙子开着一辆小货车，每天都拉来满满一车蔬菜，天黑卖完才走。小伙子拉的菜随着季节的变换而变换，有时拉白菜，有时拉萝卜，有时拉菜花、大葱什么的。小伙子忙不过来时，她卖完菜后便跑过去帮忙。

有些顾客很挑剔，买小伙子的白菜时，一棵好好儿的白菜，硬生生地把外面三层帮都扒去，只留一个白菜心。买萝卜时，鲜嫩脆绿的萝卜缨顾客是不要的，拿起一把弯弯的小刀，“噌”一下就把萝卜缨削去。买菜花时，又嫌菜花根太大，便狠狠地把菜花的根全挖掉。小伙子对顾客的行为只能看到眼里，疼在心里，但也无可奈何，否则别人便不买他的菜。菜卖完时，小伙子车厢里往往堆着许多顾客剔下来的菜帮、菜根。卖不出去，自己又消受不了，小伙子只好将满车厢的菜倒垃圾箱了。

小伙子每倒一次，她的心便跟着疼一次。其实那些菜帮并不差，完全能吃。那些鲜嫩脆绿的萝卜缨洗干净切碎，是道不错的小菜。这么多有用的资源，要是能利用起来就好了。沉默静思的她，突然大叫一声："有了！"丈夫被她的举止弄得莫名其妙。"有什么了？"丈夫问。

她说："我们何不把别人扔掉不要的菜收回来，清洗干净，腌制成特色小菜。现在的特色小菜，可是百姓最爱吃的，销路很好的。"

说干就干，她不仅包下了小伙子要倒掉的菜，还将菜场所有卖菜人不要的下脚料都收了回来。为了腌制特色小菜，她特意到一家有名的酱菜厂学习，又加入自己的创新，很快便创建了自己的品牌，将自己的特色小菜打入各大商场超市。凡是尝过她小菜的人，一致对她竖起大拇指。

如今，她的酱菜连锁店遍及全国各地，是唯一利用尾菜致富的企业家。她叫王玉春。"玉春牌"酱菜名响万家。

问其成功之道，她笑着说："我只不过抓住了别人忽略掉的机会呀。"

几米转折

画图就像弹钢琴一样，每天弹，终究可以弹出个样子来。

◎羲水羽衣

台湾漫画家几米从小就喜欢画画儿，可是考上大学后，他竟发现“我是画得最烂的”，深感自卑，画笔失去了方向。

毕业，服兵役，然后到一家广告公司上班，几米突然极想画插图，没有人教，就自己随手涂鸦。在朋友的帮助下，他先给《皇冠》杂志画插图，后给报纸和更多的杂志画插图。虽然当时几米画

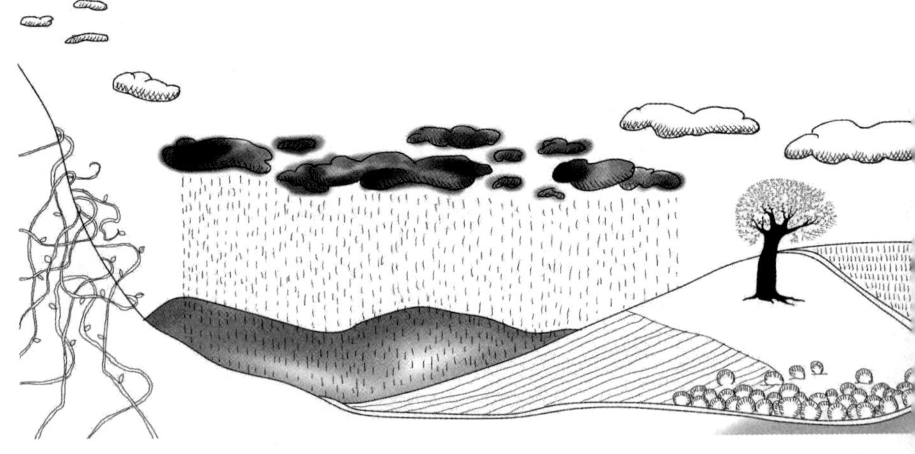

得并不是最好的，但他非常勤奋，效率又高，一步步坚持下来，渐成个人小气候。他说："画图就像弹钢琴一样，每天弹，终究可以弹出个样子来。"

当"弹出个样子"后，几米又困惑了："等到我三十几岁的时候，上班遇到很大压力，对公司有很多抱怨。当时也在想，画插图真的可以变成我工作的主要收入吗？"

人生的困惑只能由自己来解答，只是几米的解答过程显得更残酷，比问题本身更开阔深邃。

有一天，几米醒来，感到右腿剧烈疼痛，不以为意，继续工作。三个月后，一次他差点昏倒在路上，急忙到医院挂了急诊。医生称，在他的脊椎里发现了癌。晴天霹雳，崩溃的几米连求生意志都几乎丧失干净。做了几个月的化疗，他自作主张，逃离出医院。

整整三年，几米如脆弱的蜗牛，一直躲在狭小的房间里，戴着口罩，自怨自艾。生活和治病失去保障，经编辑朋友提议，他重新掂起画笔，虽然慢得一个礼拜才能画出一张，但画着画着，绝望的

内心就生出了热，生出了力，梦想复活，希望翘首。

几米以往的画风随性快乐，患癌后，变得孤独安静，甚至茫然不知未来，但恰恰是这种画风的作品让他成名蹿红，一时洛阳纸贵。但画家本人呢？他并没有将癌击败，“我是一个恐惧死亡，被疾病压得喘不过气来的人。”在几米安静纯真的画面上，谁能够读出画家内心的恐惧和重压呢？

1998年的春天到来了，几米的心跟着青草一起绿了起来。他突然感到内心有很多话要表达，创作的欲望如雨后春笋，拔节有声。他一张紧接一张地画下去，轻盈朗润的色彩似乎漫天飞舞。身体依然不好，创作依然辛苦，几米却对手中的画笔不离不弃，“我觉得我通过一笔一画，抒解了很多我对世界的悲叹和自己的恐慌”。

从春天一直画到夏天，几米没有等到秋天，就收获了两枚诱人的硕果：《森林里的秘密》和《微笑的鱼》。

可是，当几米将画稿拿给出版社的人看时，对方却说：“没有文字的书，读者看不懂，也不会买，你能不能拿回去再配些文字？”

硕果已有了，还怕不会包装吗？几米很不习惯用文字传达自己的内心世界，只好买回一大堆诗集细细研习，模仿这些诗人为画稿配文字，却越模仿越迷茫，没有想要的那种水乳交融、相得益彰的感觉。

后来，一些做童书的朋友给几米谈创作经验，他不由豁然开朗，何不也怀着一颗天真烂漫的童心，来为自己的画稿写一些童趣好玩的文字？于是，他开始写道：“森林里的秘密，星期三的下午风在吹，白色的窗帘轻轻地飘了起来。是谁在窗外吹着口哨呼唤我？”然后又写道：“我看见一条鱼，一条对我微笑的鱼。不管白天夜晚，当我经过时，她总是摇摇摆摆地游向我。”

几米轻松快乐地说：“我就这样把我的第一本书和第二本书念出来了，写出来了。”

至此，几米也真正完成了自己的人生和心灵转折。他身上携带着危险潜伏的癌，然而读者看到的总是慈悲为蕊、芳香四溢的花，一颗天真无畏、淡定自在的未泯童心。

有舍才有得

有舍才有得，会放弃才能成大业。

◎黄建如

广西金穗农业投资有限责任公司董事长卢义贞，是中国农村率先实行“公司+基地+合作社+农户”现代农业企业化经营模式的创始人。1987年，他初中毕业辍学回家承包土地种植香蕉。他所种的品种和其他蕉农并无两样，但奇怪的是，他所种的香蕉总是提前一个月成熟，而且总能卖个好价钱。

原来，卢义贞在香蕉开始挂果的时候，就给每串香蕉动了一个小小的“手术”。通常情况下，一串香蕉一般有十一二只。但是卢义贞的香蕉每串只保留七只，多出的香蕉在刚开始挂果时，就被他割掉了。香蕉每减少一只，就能早上市一个星期，那么只留下七只，就能早上市一个月。所以，在别人家的香蕉还没成熟时，他的香蕉已经开始收获了。而且每只香蕉长得更匀称、更壮硕，整体重量与别人不动“手术”的香蕉相差无几。别人的香蕉还没上市，他的香蕉就早早地占领了市场。而且，在一般香蕉收获的季节，如果遭遇自然灾害，会造成不可估量的损失。早上市一个月，市场上独一份，怎能不卖出好价钱呢？

学会舍弃是充满智慧的选择。壁虎勇敢地挣断自己的尾巴，从而获得了生存的机会；蝉奋力甩掉了自己的外壳，才能在高空自由地歌唱。放下负重的包袱，才会更轻松地登上“一览众山小”的巅峰。人生就是这样，有舍才有得，会放弃才能成大业。如果只盯着眼前的一点点利益不放，反而很难有更高的作为和发展，甚至会失去更多。

“小拇指”中有大买卖

每个行业都会有许多可做的事，你只要紧紧抓住其中一点，哪怕是微乎其微的一点。

◎仲伟朴

开车的人，难免有爱车被刮被碰的情况，汽车维修市场可以说是鱼龙混杂，大的汽车维修企业综合性强，什么都能修，但是价格不菲，而且等待时间长，这让很多人非常苦恼。家住杭州的兰建军就碰到过这种情况。

一天，兰建军开朋友的车去办事，无意间碰到马路边的栏杆，车上立刻出现几道划痕，兰建军于是就去修理厂修理。修理厂的人说是需要三五天的时间，急着将车还给朋友的兰建军着急起来，于是就跟老板说：“你们按我说的话去做，先将油漆弄好，然后按照我说的方法操作。”一听到有人要自己修车，老板和修车厂的员工都很惊奇，兰建军当即表示出了事自己负责。很快，三个小时后，车子就修好了。原本要三天才干的油漆居然在三个小时内就干了。油漆行业里施工速度和质量一直不能齐头并进，你要想质量好，就得慢工出细活，一道一道地做，因为有个油漆干燥的问题。这几年在国际上，在材料科技上，尤其是纳米科技出现后，传统油漆的喷涂理念和思想发生重大改变，可以在短时间内将汽车的划痕修好。兰建军曾经接触过这种从国外传过来的先进修车技术，这种技术可以在三个小时内将汽车的刮痕修好，质量绝对过硬。

兰建军将车子修好以后，修车厂的员工都在七嘴八舌地议论，其中有个人说道：“要是用这种技术去专门做一个生意，一定很赚钱的。”说者无心，听者有意，这句话让兰建军醍醐灌顶，他决定自己创业，开一个专门修理汽车刮痕的修理厂。

于是，兰建军开始做市场调查，这汽车维修究竟有多大市场呢？在兰建军看来，整个汽车维修行业相当落后，维修时间比较长，费用也高。每年每辆汽车被碰的次数平均是三次，中国有很多的轿车，市场前景肯定不小。而有许多好的维修方法放在那里没人用，没人推广，相当可惜。

所以兰建军抓住了这一点，就针对高档顾客。如果他们的车子出了问题，那时候，对这些人而言，钱不是放在第一位的，他们最需要的是快、好，开习惯车子的人，一时间如果没有车了，就像没有腿一样，而他就抓住了这个看似小却维修量很大的市场。

很快，兰建军就建立了自己的维修企业，起名“小拇指”。这名字来源于小孩子常玩的游戏，“拉钩上吊，一百年不许变”，这儿歌讲的就是诚信，兰建军就是想把诚信放到第一位。同时，修补刮痕是汽车维修最小的一部分，起名“小拇指”，恰如其分。

来这里的顾客对“小拇指”的维修都赞不绝口，很快就吸引了一大批的顾客。“小拇指”很快在杭州声名鹊起。很多人慕名上门要求加盟，兰建军就趁热打铁在全国各地开了很多连锁店，广泛吸纳社会资源，将小拇指的生意进一步做大做强。未来，兰建军有一个更大的目标：将“小拇指”做成一个民族品牌，将它推向国际。

每个行业都会有许多可做的事，你只要紧紧抓住其中一点，哪怕是微乎其微的一点，将它做好、做大、做强，就能做出名气，做出效益来！

不断地打倒自己

真正的最好的自我保护是自己打倒自己。

◎邹三丹

提起婴儿童车，很多人不由自主地想到举世闻名的“好孩子”。

在全球，至少有四亿个家庭里活跃着“好孩子”的身影。它如今已经成为“童车大王”，不仅占据着国内大部分童车市场份额，在美国也坐拥半壁江山。它的“生身父亲”是集团总裁宋郑还。这位创始人在2001年名列《福布斯》中国内地富豪百强，时为苏州首富。

早年，宋郑还在昆山陆家镇中学教学，后来当了副校长。那是改革开放不久，全国到处萌发商机，“遍地黄金”，昆山也不例外。这块投资风水宝地，台商云集，大家都在疯狂地挖掘着第一桶金子。

因为社会资源匮乏，政府鼓励学校自己办厂。于是，陆家镇中学筹集老师积蓄，也开办了一家工厂，生产微波炉。结果产品不对路，严重滞销，老师罢工，厂子濒临倒闭，欠债一百多万元。20世纪80年代，那玩意儿跟电视机都属于奢侈品，寻常人家谁买得起呢？此时，宋郑还临危受命，接手这个烂摊子。他想，厂子要活，就必须推倒重来，更换新项目。1989年，机遇悄然而现。宋郑还从熟人手上接到订单，为一家工厂生产童车。童车的大好远景让他心思萌动，他决定自主开发和生产童车。

不久，宋郑还获得了银行巨额贷款，学校也重新开门。这时，摆在他面前有两条路，要么回校教学，要么继续从商。多年的企业运作已使他的思想发生了重大变化，他毫不犹豫地弃教从商，抛弃了旧的自我。

就这样，宋郑还开始全身心地投入企业的发展之中。他给自己生产的童车取了个名字："好孩子"。从此，"好孩子"一点点地长大，逐步走出了昆山，迈向了世界。

一路走来，宋郑还并不轻松。他坚持一个原则：厂子不做贴牌生意，只生产原创型童车。刚开始，"没有技术人员，我们就自己设计，找资料、做样品、跑市场，终于研发出一种既能推、又能摇的童车，但因为当时缺乏投产资金，申报专利后很快就出让了"。宋郑还回忆说。

1995年，宋郑还开发了一辆秋千式的婴儿车，销路看好，而且还打入了美国市场。他本以为可以高枕无忧，谁知它遭到一窝蜂地仿造。即使申请了专利，由于童车行业技术壁垒低，仿造仍十分严重，厂里效益一路下滑。他颇为无奈，除了打假，一时也别无良法。

一次，因资金缺乏，他把一个专利卖了，结果收到一笔不菲的转让费，这让他十分高兴。他决定走创新道路，走不断跨越的新路。他发现最好的自我保护就是不断地用新产品淘汰老产品，进行产品换代升级。从那时起，研发人员每天都在不断地创新。到了1997年，他们每半天就能出一个新设计，技术含量也在不断提高。迄今为止，“好孩子”拥有美国、英国、日本等外国专利两千三百多项。持续地自主创新把竞争对手和仿冒者远远地甩开了。

慢慢地，“好孩子”长大了，翅膀硬了，就想到更大的舞台上表演。那时，企业根本无法转动世界这块大盘子，因为资金远远不够。要想解决，只有融资。

融资很容易，因为外面的资本早已蠢蠢欲动，只等“好孩子”张口。但融资好比“割肉”，每一次融资都意味着股权旁落他人，代表着宋郑还逐渐失去对“好孩子”的控制权，失去“父亲”这个角色。他愿意吗?

为了帮助“好孩子”化蛹为蝶，迈向世界，宋郑还放弃了对它的控制权，不断地以股权换取“奶粉”——资金来喂养它。1994年，中国置业以450万美元投资获得“好孩子”33%的股权；1996年，第一上海以690万美元投资获得33.01%的股权。1998年，第一上海收购了中国置业在“好孩子”的33%股权，正式绝对地控股了“好孩子”。此后宋郑还又融资多次，“好孩子”蜕变成巨人，他则由掌控者退化为“边缘”股东。有人形象地比喻说，宋郑还已沦落为“高级打工者”，大股东要是不高兴可以炒他的鱿鱼。

许多人不解他为什么要这样做，宋郑还说：“我今天的成就，主要是一个机遇的因素，或者说是国家开放带给我个人的利益，所以我已经非常满足了。我从未想过要去控制这个企业，一个真正的企业、伟大的企业，它都不会是哪一个人的，它应该是社会的，只要它能发展，我有没有控股权又有什么关系呢？”

这些年的资本运作，已让宋郑还的思想又一次发生剧变。那种不顾企业长远发展，抱住权力不放手的旧思想被他抛弃。他以新思维武装了自己，放弃控制权，甘于退出。

不断地打倒旧产品，创造新的；不断地打倒旧思想，更换新的，“好孩子”就这样不断地打倒自己，重新站起，始终处于主动和领先地位。难怪它从来没有被对手打倒过，反而战胜了许多强大对手，成为世界童车霸主。

人，最大的敌人是自己；企业，最大的敌人也是自己。真正的最好的自我保护是自己打倒自己。每一次打倒自己，都是一次脱胎换骨，一次自我超越。打倒自己是为了下一次更强大地屹立。自己能把自己打倒，也就能把别人打倒。

身在“边缘”

身在边缘，反观中心，有时反倒领略更深，
会意更笃。

◎付秀宏

他说过一句惊人的话：“我表现的是人，衣服脱掉、荣辱去掉，都有心灵在跳。”他为拍一部反映香港吸毒少女的纪录片，曾搬去“屋村”，和她们住在一起，吃、喝、说、笑、哭，好长好长一段时间。“屋村”，也就是香港的廉租房。买不起房子的人，就住政府提供的这些廉租房。这部分人，无疑烙有卑微的标记。而这部分人的生活，是怎么样的？他关注、体验着，跟这里的社会人群、吸毒少女接触，深入到另一种生活内部，发现——撼人的真实远远超过想象。

他就是张经纬，曾历时六年导演纪录片《音乐人生》，记录音乐神童黄家正从十一岁到十七岁的人生起伏，最终获得第四十六届金马奖最佳纪录片、最佳剪辑及最佳音效三项奖项，被誉为“改写金马奖历史”的新锐边缘导演。

人家都拍故事电影，他拍实录，这就是“边缘的姿态”。身在边缘之人，往往有不一样的视角，首先看到人们看不到的事实，他是寻找者。把纪录片拍出“横看成岭侧成峰”的感觉，他必须在人生这部大书中“由边缘处跋涉进入”。

偏离中心的陌生，往往会使人清醒地静观自己。边缘，无论美与丑，都是人们很少涉足之处。这里充斥未知、探险，布满荆棘和惊悸，也孕育希望和机遇。

新事物，总是被非专家发现，就像张经纬原本不是纪录专家。处在纪录片这个边缘，任何热爱它的人，都可能成长为“标尺”。回想20世纪30年代的中国，“红色边区政府”身处边缘，但顺势而动，最终变成了“中央人民政府”；划时代的量子力学学说，竟然是几个年轻人在边缘理论科学领域，拓展视野、同心协力建立起来的。

因为冷暖气流的交汇，在边缘地带最易形成风云、降水。火焰温度最高的地方，不在中心，而在外缘——那颜色最淡、略带蓝色的外层。物种杂交繁衍，交集的边缘品种，却拥有父体、母体双方优势。学贯中西的学者，思想纵横活跃，学术影响是世界级的。

当然，处在边缘，开始并不热闹，甚至非常孤寂。在边缘领域获得成功，胆识要过人，悟性要灵透，能力要独特，耐力尤其要持久。当今世界边界越来越小，边缘的文章却可以越做越大。

身在边缘，反观中心，有时反倒领略更深，会意更笃。世界上有一种催化元素，叫交融。事物的变化，因边缘部分的交合、变化而出现美妙律动。

齐白石画草虫，喜题“惜其无声”或“草间偷活”，这就是以边缘题字的声韵、神韵“惹”出全局的不凡气度。齐白石画棉花，在画边题上“花开天下暖，花落天下寒”，这棉花便不是普通棉花；能画棉花的人很多，能说出这个妙语，并把这个妙语都染到画境里的，却唯有齐白石。齐白石以边缘的心态，成就了不边缘的高度。

断了退路，才有出路

不论是自断退路，还是他断退路，只要是断了退路，不留退路，就更容易找到出路，就更可能获得成功。

◎风雅颂

谁都不可否认，人在本质上都是眷恋舒适平稳，喜欢懒散闲逸的。但若要让自己的人生有所突破，有所成功，就必须给自己更大的压力，逼自己尽最大的努力。这时，选择自断退路确实是一个绝好的方式。

著名武侠小说作家金庸有一次接受记者采访时谈到，他的许多作品是被“逼”出来的。记者细问究竟，金庸才说了自己主动被“逼”自断退路的事。原来，他在写作《连城诀》时，一度产生了厌倦懈怠的心理，有时一天也写不出一千字。他觉得这样不行，于是就主动与报社签订了连载的合同，合同规定他每天必须得完成多少字，违约就得赔偿。这样一“逼”，他只好控制了自己的心理，让自己静了下来，全身心地投入写作中，每天以五千字的速度抢写，最后竟提前完成了小说。后来，他在写作其他小说时也这样与报社签约后再写，不断尝到了给自己断退路后的丰硕成果。

另外一个世界级的法国大作家雨果也曾这样自断退路。1830年，雨果和一家出版商签订了合约，半年内要写出一部长篇小说出版。出身贵族的雨果有着广泛的社交圈，常常要去参加各种宴会晚会等活动。后来，他觉得这样下去太影响写作了，于是想了一个绝招：把身上所穿的内衣和毛衣以外的其他华贵衣物全部锁在柜子里，然后把钥匙丢进了小湖的深处！这样，由于根本拿不到外出要穿的衣服，逼得他彻底断了外出会友和游玩的念头，埋头写作。除了吃饭与睡觉，从不离开书桌，结果作品提前两周就完成了。这部仅用五个月时间就完成的作品，就是后来成为世界文学经典的巨著《巴黎圣母院》。

其实，自断退路的事在古代屡见不鲜。最典型的当属秦朝末年楚霸王项羽与秦将章邯决战时的“破釜沉舟”之举：他让士兵将渡河的船沉入河里，将吃饭的大锅也砸烂了，表示出不战胜敌人就不回去的决心，最后以少胜多，大败章邯。不久，与赵国交战的韩信也运用了类似的方式，来了一个“背水一战”，将军队背河布阵，让士兵断绝了回去的想法，绝地反击，同样取得了大获全胜的结果。由此可见，古人所说的“陷之死地而后生，置之亡地而后存”的话确实是至理箴言。

古希腊著名演说家戴摩西尼年轻时，为了锻炼自己的演说能力，经常躲在一个地下室里练习发音以及演说技巧。二十多岁正是爱玩的时候，他由于耐不住寂寞，练一会儿就想出去溜达一下，心里总也静不下来，所以练习的效果不佳。为了控制自己，他一狠心，亲自动手把自己的头发剃去一半，变成一个怪模怪样的“阴阳头”。这样一来，因为发型怪异让他羞于见人，只好彻底打消了出去玩的念头，专心练习。就这样一连数月，他足不出户，天天苦练，演讲水平突飞猛进，后来终于成为著名的演说大家。

自断退路，当然显示了决心之大、信心之强。而有时，别人对你的一逼、一压，尽管并非你所愿，却往往在客观上断了你的退路，同样起着极大的激励作用。

20世纪三四十年代，美国有一个作曲家乔治·格什温，他刚刚小有名气时，从来没有写过交响曲。有一次，美国最著名的斯坎德爵士乐团的著名指挥家非常欣赏他的才华，盛情地邀请他为交响乐团写一部交响曲。格什温虽然深受感动，可是由于他对交响乐一窍不通，怕写不好丢面子，就一口拒绝了。指挥家一再劝他写，他仍执意不肯。这位指挥家见他如此固执，也来了固执的劲儿，竟然不经格什温的允许在报纸上刊登了一则广告，说二十天后音乐厅将上演格什温的最新作品——交响乐《蓝色狂想曲》！这份报纸发行量非常大，一下子让满世界都知道了消息。不知就里的格什温看到报纸上的广告大惊失色，慌忙来质问指挥家为什么让他难堪出丑。

指挥家微笑着对他说：“反正这件事全城人都知道了，你就看着办吧。”

格什温见事已至此，只好硬着头皮将自己关在屋子里，开始了人生第一部交响乐的创作。这一逼不要紧，他硬是用两周的时间完成了交响乐《蓝色狂想曲》。他自己也未料到，首场演出竟大获成功，格什温的名气也迅速传遍美国，后来一跃成为美国好莱坞最著名的作曲家。

无独有偶，与格什温同时代的美国钢琴演奏家、后来被称为“抒情爵士歌王”的黑人男中音歌手纳京高的成功也是被别人“逼”出来的。那时，他还是一名年轻无名的钢琴演奏员，以在酒吧演奏为业。由于他的琴艺不错，有许多客人慕名而来。一天晚上他正在演奏，突然有一个客人别出心裁，要求他不要再弹琴，就想听他唱一首歌。他一再说：“我不会唱歌。”可是，这个客人的“无理”要求却得到了其他客人的起哄支持。他有些腼腆而恐惧地一再解释说：“我从小就学习钢琴，从来没有学过唱歌，恐怕会唱得很难听。”但没有人听他解释。酒吧老板知道后，只对纳京高说了一句话：“如果你不想失业的话，就唱一首歌。”

无奈之下，纳京高红着脸怯生生地唱了一首《蒙娜丽莎》。不料，歌声一起，居然赢得了满堂喝彩！从此，他开始一边演奏一边歌唱。后来，他唱歌的名声远远超过了钢琴演奏，成为风靡全球的“爵士歌王”。

想来，纳京高真得感谢那个客人和老板，如果没有他们死命的一“逼”，他会有今天如此辉煌的成就吗?

一个人要想成就一番事业，就必须心无旁骛、全神贯注地追求自己的目标。而人性是有天生的弱点的。当我们难于驾驭自己的惰性和欲望，不能专心致志地前行时，不妨斩断退路，逼着自己全力以赴地寻找出路。事实证明：不论是自断退路，还是他断退路，只要是断了退路，不留退路，就更容易找到出路，就更可能获得成功。

缺乏魅力者的竞选逆袭

杜鲁门之所以能连任，很大程度上是因为这个国度依然爱戴那些不畏艰难、不屈不挠、敢于战斗的人！

◎张　鹰

1948年的美国总统换届选举在“杜鲁门总统注定连任失败，共和党必胜”的氛围下拉开了帷幕。

众多新闻媒体、政治家、政治评论家之所以会如此认为，是因为共和党在本次选举中优势非常明显：从1933年开始，民主党已经连续执政长达十三年，美国民众普遍认为该换由共和党执政了；在任总统杜鲁门个人魅力缺乏，性格过于倔强，难以赢得民主党同僚以及选民的认可，而民主党也无法推出其他有强大竞争力的总统候选人；共和党上下一心，同仇敌忾，竞选经费充裕，志在必得，而民主党内部四分五裂，并且竞选经费严重不足；1946年，共和党在国会中期选举中击败民主党，赢得了参众两院的众多席位，所以来自民主党的杜鲁门总统很难赢得国会的支持。

面对“败局已定”的局面，很多人劝杜鲁门不要再参与下届总统竞选了，而倔强的杜鲁门却认为不战斗就认输是懦夫所为。要竞选总统，就要先过“被民主党选为总统候选人”这关，杜鲁门利用党内的分裂，采取各个击破的战略，使自己的亲信控制了民主党全国代表大会，又分化拉拢了党内对手之一华莱士的较多民主党人。经过艰难的斡旋，杜鲁门勉强获得了总统候选人提名，但几乎所有其他民主党人认为杜鲁门根本无法赢得大选。

共和党内角逐总统呼声最高的是纽约州州长杜威，他出身名门，有名校学历，温文尔雅，被新闻媒体普遍认为是“杜鲁门的继任者”。有的报纸甚至报道：“大选其实已经提前结束了，杜威州长无疑是明年的美国总统！”

杜鲁门也知道自己连任总统希望渺茫，因为缺乏竞选经费，根本无法进行正常的竞选活动，他的广播演说经常因为没钱而“缩水”。而杜威有大财团的支持，竞选经费充足，所以能够在广播里频繁地发表演说，在许多报纸上刊登竞选广告。

在竞选启动后不久，一家权威的民意测验机构发布报告称，杜威的支持率超杜鲁门近百分之二十，杜威胜出几乎无悬念。

到了9月初，距离大选仅剩两个月，杜鲁门的支持率仍远远低于杜威。《纽约客》杂志刊登了杜威乘坐游艇出游的照片，标题竟然是《美国当选总统正在出游》，完全不把杜鲁门放在眼里。

这个时候，杜鲁门做了个决定——进行从美国东海岸到西海岸的“大选远征”，许多人认为杜鲁门又是在做无用功，可是，杜鲁门不为所动。杜鲁门靠在白宫举行筹款晚宴，才勉强凑够了“远征”所需的最低标准经费。而后，杜鲁门开始了美国历史上地域最广、时间最长、最接近选民、最激动人心的“大选远征”。

不管城市大小，只要有火车站点的地方，杜鲁门都会停下来发表演说。杜鲁门发表的多是即兴演说，演说前很少准备，他的演说平易近人，其中提出的一些政策措施充分顾及农民和低收入选民，关键的一点是他是在知道自己“注定失败”的情况下发表的，所以极富感染力。杜鲁门的支持率快速攀升。

可是，两个月后，那家权威民意测验机构检测后发现，杜威的支持率还是超过杜鲁门百分之五。所以，这家机构认为杜威肯定能当选总统。

大选日当晚，《芝加哥论坛报》已抢先印刷了印有“杜威击败杜鲁门”重磅消息的号外，等着第二天向全国发行。共和党人已经把希尔顿饭店布置一新，准备庆祝杜威当选。而民主党人认为杜鲁门败局已定，连庆祝地也未预订。

第二日一大早，广播里却播出了一条令人震惊的消息：杜鲁门以49.5%的支持率超出杜威45.1%的支持率，击败杜威，成功当选下届美国总统。

最终的投票结果为何与那家权威民意测验机构最后一次测算的结果相差如此悬殊？原来，这个民意测验有个致命的弱点——未将农民和低收入选民统计在内，而通过“远征”，杜鲁门在这些选民中的支持率已经获得压倒性优势。

对于杜鲁门的当选，第二天发表在《巴尔的摩太阳报》中的一篇社论写道：“杜鲁门之所以能连任，很大程度上是因为这个国度依然爱戴那些不畏艰难、不屈不挠、敢于战斗的人！”

不 着 急

我耐心地等待“你”成熟至完美，“你”也耐心地等待我万事俱备，那颗人间烟火的心在创造的坚贞中竟也放得一尘不染，最终我们再次相遇、握手拥抱，直到你中有我、我中有你，共同完成一件惊世骇俗而朴厚至真的杰作。

◎孙君飞

看到一篇文章，方才知道“泥人张”制作作品的不易。

张宇是“泥人张”世家的第六代传人。张宇介绍说，他们均以地下三尺左右的优质红色黏土为初选泥料，然后化浆、过滤、晾干，加入纤维、棉花等辅料，再以手工反复捶打，使之熟制。门外的人会认为这就可以制作泥人了，其实不然，接下来竟然是令人吃惊的“搁置功夫”：先将熟制后的泥块用油纸包好，码进库中窖藏，以增加泥块的可塑性，之后就是漫长的等待……三年以后，方可取出泥块使用，进行塑形和彩绘。

可以说，没有这三年的漫长“搁置”，就没有地道的“泥人张”作品。现在，很多人讲究出名要趁早、制作生产要赶快，赚钱也是越多越好，效率至上，骑着快马还要一路将鞭子甩得“啪啪”

直响。用蒋方舟的话来讲，这种人是在精疲力竭地追逐眼花缭乱的富足，“如同追逐吊在自己眼前的香蕉的猴子”。话不好听，却一针见血。香蕉果然是很难长久搁置的东西，所以他们才追逐得那般着急。如“泥人张”这般从容不迫，三年如一日，忘却了多少现实功利，该干吗便干吗，我耐心地等待“你”成熟至完美，“你”也耐心地等待我万事俱备，那颗人间烟火的心在创造的坚贞中竟也放得一尘不染，最终我们再次相遇、握手拥抱，直到你中有我、我中有你，共同完成一件惊世骇俗而朴厚至真的杰作。

张宇说，三年后，将窖藏的泥块取出来，仍然需要两三个月的时间，才能制作出一件作品。他每天用两三个小时来做泥人。这段时间的状态最饱满最纯粹最有劲儿，一过这段时间，连黄金也会褪色。所以，他会停下来，去琢磨其他事情。“总体上来说，他并不是一个着急的人。”

古人讲，“功夫在诗外。”说白了，生活并不耽误写诗，反而有助于写诗。“泥人张”的创作也是如此，他们不会走闭门造车的路，人间的酸甜苦辣都尝遍，水里浸过，火里烤过，油里滚过，磨难里挺过，活得跟其他老百姓没有多少区别，有区别也只不过是别人奉献粮食，他们奉献艺术，方才有这“比例之精确，骨骼之肯定与传神之微妙”（徐悲鸿）的民间艺术。先将自己活成“生活家”，再将自己修炼成“艺术家”，这里面怎么会有“急”字的位置呢？苦难时，不着急，幸福时，同样不着急，这才是真正的“生活家”。我认为好的“艺术家”，也是穷时不急着哭穷，富时也不忙着炫富，活得——还像蒋方舟所讲的那样“有规矩”“有样子”“有尊严”“有品相”，不能“追逐香蕉”，追到需要谈论生活时，只能谈论焦虑、烦恼和不满。不着急的生活多么难得，不上火的艺术同样宝贵；创作还允许失败，而生活谁敢失败?

正因为对什么都不着急、不上火，所以“泥人张”对张宇来说，既不是负担，更不显得沉重，恬淡自信的气度反而使他同父辈一样也有一颗无惧无畏的心。我曾看到一篇文章这样评价张宇：“他更像是一个游走在艺术与烟火之间的人，可以光风霁月地谈钱、谈发展，却始终拒绝扩大经营规模，不想让‘泥人张’失了本真。”这样不屈不挠、山高水长的不着急，在商业时代里的确已经罕见。

莫言有言：放松出精品。这应不是虚言。

去 SM 娱乐做替补生

没有遍体鳞伤，哪能活得漂亮？

◎柯玉升

韩国SM娱乐有限公司是韩国一个大型艺人企划和经纪公司。1998年，SM娱乐公司把旗下的组合HOT、SES介绍到中国、日本，掀起了亚洲“韩流”热潮，也成为韩国第一家一手培育当红流行歌手的娱乐文化股份公司。

2008年，高三还没毕业的他旅游去了一趟韩国，在逛街时被SM娱乐的经纪人发现。从经纪人的口中得知，SM娱乐是一个培养新人的地方，他就雄心勃勃地要求加入进去。经纪人知道，虽然他很有才华，但距离进入SM娱乐的要求还很远。不想让一个少年那颗蓬勃向上的心遭受打击，经纪人勉强地说了句“你就来吧”。

就是这句“你就来吧”，给了他很大的信心。当晚，他给父母发了条短信——自己被韩国SM娱乐相中，成了一名“练习生”。进入SM娱乐是国内新人梦寐以求的事，父母也替他高兴。

SM娱乐旗下的“练习生”就好比过去的学徒，学得好，就留下，等待机会；学不好，就会被扫地出门，弃之如敝履。对于“练习生”，SM娱乐也有严格的限定：练习生不仅没有收入，公司为保证练习生们的身材，还限制伙食，统一作息时间，不能随便参加演出和露脸，连见家人都不允许。因此，一些过来人都说，做“练习生”就是一场没有时间的炼狱，少则几个月，多则七八年，迟迟没有出道机会的练习生也比比皆是。

SM娱乐也没给他一个“练习生”的名分，而是将他作为替补生纳入，至于能不能成为未来的“练习生”，只能“以观后效”。不是SM娱乐刻薄，而是他连一句韩语都不会讲，语言的障碍几乎一下子把他所有的演技逼到“零”。

年轻气盛的他，当时就找到经纪人，说他是被坑的。经纪人的解释没把他气晕：SM娱乐不缺你这样的人才，你认为不好可以走人。要想留下，没有人愿意替你的未来负责，耽误的人生是你自己的。

没有退路又看不到希望，只有无期的等待。等待不是办法，只有主动出击，才可占领先机。十八岁的他，在举目无亲的韩国，做出了一个大胆的决定——去延世大学韩国语学堂学习韩语，并发誓要将韩语学到连韩国人都听不出他是外国人的程度。

从2008年到2009年，一年时间里，他通过了韩语等级考试，并于2009年考上首尔艺术大学实用音乐艺术系。

这一年里，他虽在SM娱乐旗下做替补生，却从没被安排去“替补”过。好友金珉锡说：“做明星一定要能说会道，现在你的韩语说得比韩国人都纯正，还躲躲闪闪干什么？只要在上司的面前能流畅地阅读一篇当天的新闻报道，你就可以从替补生的位置跨进‘练习生’行当中来！”

就这样，2010年他成为SM娱乐旗下的一名“练习生”。被称为造星工厂的SM娱乐，培训严格，可谓残酷。一番“量身定制”的魔鬼训练，包括歌舞、形体、演技等多方面。每天集中训练十个小时，训练枯燥而又艰苦，除了吃饭睡觉，还不能看球，不能玩网游。

三点一线的生活枯燥乏味，他每天做的事情除了训练便是睡觉。有一段时间，他吃不消了，气喘病犯了，但是为了完成每天的训练量，他想出了一个绝妙的办法——在寝室里准备一个小桶，每天练习完将衣服拧干，汗水装满半桶才算过关。激烈的活动，喘不过气来，人憋得难受，但他还得坚持下去，直到有了半桶汗水才算了事。

经过一年半的苦练，凤凰涅槃，他终于铸就了闪光的自己。2012年4月8日，EXO组合正式出道，他是组合里唯一集主唱、领舞、门面多个职责于一身的成员。2013年7月，在EXO专辑《狼与美女》剧情版MV中担任男主角，饰演剧中“狼族少年”的角色。2013年12月，EXO发行的正规专辑《XOXO》销量突破一百万张。2014年6月，他出演导演陈正道执导的中韩合拍电影《重返20岁》，再次好评如潮。

他就是1990年出生于北京而今拥有众多荣誉和粉丝的鹿晗。

“没有遍体鳞伤，哪能活得漂亮？”成为年轻人偶像的鹿晗，在接受媒体采访时，说得最多的一句就是：“我始终忘不了在韩国做替补生的那段经历。因为只有在做替补生的时候，才更能催人奋发！”